자연으로 가는 산책

자연으로 가는 산책

글·사진 **이명순**

맑은샘

첫째가 8살, 둘째가 갓 돌이 지난 무렵, 우리 가족은 평창에 귀농을 한다고, 주변의 무수한 반대에도 불구하고, 강원도 평창 방림재에 터전을 마련하게 되었다.

그로부터 15년간의 산골 생활을 하면서 시골살이 이야기와 그 속에서 내가 느낀 점을 블로그를 통해 세상과 소통하였다. 인생에서 경제적 활동으로 제일 중요한 30~40대를 이곳 방림재에서 보낸 나는 그 속에서 아이들을 키우고, 민박 운영을 하고, 시골 생활을 하면서 엄마, 아내, 여자의 눈으로 생각하고 느낀 많은 이야기 중에 글로 남기고 싶은 것들을 모아보았다.

요즘 같이 책과 정보의 홍수 속에 내가 또 한 점을 보태는 것 같아 무거운 마음이지만, 둘째가 이제 내년이면 20살이 되어 평창을 떠나게 되고, 나 또한 인생 전반기를 정리하는 차원에서 준비하게 되었다. 이 책을 준비하면서 그 동안 방림재를 찾아주시고, 사랑해 주신 많은 분들이 떠올랐고, 그분들께 진심으로 감사의 마음을 전하고 싶다. 그리고 부모의 뜻대로 함께 귀촌의 삶을 기꺼이 살아준 두 아이에게 엄마가 전하고 싶은 이야기들, 방림재에서 우리가 함께했던 소중한 추억을 책으로 엮어서 선물하고 싶었다. 마지막으로 지금도 귀농, 귀촌을 꿈꾸시는 많은 분들께 조금이나마 도움이 되는 책이 되었으면 한다.

**"결정하셨으면, 망설이지 마세요.
값진 무언가를 얻으실 것입니다."**

2021년 8월
이명순

| 목차 |

　2001년 우리 가족은 그 당시 모두가 꿈꾸지만 막상 실행에 옮기기 두려운 귀농이라는 큰 포부와 나름의 자부심을 가지고 서울에서 강원도 평창으로 터전을 옮겼다.

　남편은 직장을 다니면서 일주일에 두어 번 귀농생태학교를 찾아다녔고, 도시에서 이대로는 더 이상 살고 싶지 않다고, 무언가 나만의 터전을 만들어 가고 싶다고 그런 지 1년여가 지나고 우리는 이곳 평창에 땅을 마련했다. 2월, 아직 채 눈도 녹지 않은 비탈밭에 올라서니 전망도 너무 좋았고, 오래전부터 아무리 가물어도 물이 끊이지 않는 자연 옹달샘이 우리의 마음을 사로잡았다. 그래서 둘 다 큰 고민 없이 첫눈에 보고 땅을 덥석 잡았는데 사고 보니 전기를 끄는 데 상당한 비용이 든다는 것을 알았다. 전기만 빼면 그 이후로도 그 땅을 산 것에 대해 후회한 적은 없다. 방림재에서 15년여 살면서 많은 곳을 둘러봐도 그 땅만큼 전망 좋은 곳은 본 적이 없었다. 그러나 그때는 그럴 만해서 그걸 선택했지만, 선택에는 그 대가를 또 반드시 치러야만 한다는 것을 살면서 톡톡히 겪게 되었다.

우리는 읍내에 임시 거처를 구해서 집 짓기를 본격적으로 시작했다.

〈사랑채. 2001년 가을〉

사랑채로 사용할 15평 남짓 황토귀틀집을 시작으로 해서 이듬해 35
평의 본채를 짓기까지 2년여의 시간을 보냈다. 실제 일한 날은 그리
되지 않지만 입주까지의 시간은 상당히 오래 걸렸다. 처음 사랑채를
지을 때는 통나무학교를 나오신 분을 주축으로 해서 남편과 동갑이면
서 귀농하고자 하는 분과 소박하게 시작된 것이 그 해 겨울을 지내고,
다음 해 봄에 지붕을 재작업하는 과정을 거치면서 인원 동원에 모두

공감하게 되었다. 본채를 지을 때 동원된 분들은 원래 신소재 주택을 지으시는 분들인데 황토집 짓는 것을 함께해 보고 싶다고 해서 합류하게 되었다.

인원도 늘고 집 짓는 것에 의욕도 넘쳤지만, 2002년 한일 월드컵으로 온 나라가 축제 분위기였을 때 우리는 상량식을 하고 나서, 잦은 비로 공사를 거의 한 달 이상 못한 적도 있어 마음만 조급해했던 적이 있었다. 공사는 9월부터 속도가 나서 우여곡절 끝에 10월 29일이 되어서 겨우 입주를 하게 되었다. 그 해 가을은 10월부터 바람도 많이 불어서 아직 도배도 덜 한 집에 바람으로 인한 스산한 기운마저 더해 주었다.

도배라고는 하지만 사실 황토염색을 한 광목이었다. 그 많은 광목을 집 주변 황토에 염색을 한 후 평창강에 가서 씻어왔다. 마당 여기저기에서 말린 뒤, 밀가루 풀에 적셔서 흙벽이 떨어지지 않게 바르는 것인데 입주가 급해서 짐을 놓는 자리에만 바르고 나머지 부분은 입주 후에 거의 나 혼자서 작업을 했다. 그때 곧 겨울의 적을 등 뒤에 두고, 11월 한 달 동안 거의 1시간만 자고 계속 작업을 했다. 인간이 괴력을 발휘할 수 있다는 것을 나는 그 이후 믿게 되었다. 남편은 입주 후 바깥 툇마루 놓을 자리에 봉당 축대 쌓는 작업을 했다. 나는 식사가 끝나면 매일같이 광목을 찢어 풀칠하고 발라서 손이 다 텄고, 하루에 1시간을 자도 피곤한 줄도 모르고 잠도 오지 않았다. 그렇게 급한 불을 끈 후, 신기하게도 도배가 끝나고 12월부터 그 해 겨울 3개월 동안 우리 가족은 밥 먹고 시간만 나면 잠만 잤던 걸로 기억한다.

하루에 많게는 18시간 잔 적도 있다. 오랜 고단함을 잠으로 다 회복시켜서 병이 안 났을 거라고 두고두고 얘기하곤 했다.

그렇게 입주하여 지은 우리 집 이름은 '방림재(芳林齋)'라 부르게 되었다.

'아름다운 향기가 나는 숲속 집'이란 뜻이다. 원래 예전에 임하리 마을에 큰 다리가 없었을 때 마을 사람들이 우리 집 옆을 지나 뒷산 넘어 방림(芳林)으로 가서 장을 보고 왔다고 한다. 그래서 우리 집이 있는 이곳 산비탈의 지게 길을 따라서 방림으로 넘어가는 재라고, 오래 전부터 불리던 이름을 우리가 그대로 사용하면서 재를 집 재(齋)로 바꾼 것뿐이다. 우리가 굳이 우리 집 이름을 가르쳐 주지 않아도 마을 어르신들은 우리 집을 방림재라고 부르곤 했고, 우리 집을 찾는 손님에게도 자연스레 길 안내를 잘 해주는 역할을 하게 되었다.

방림재…… 언제나 그리운 그곳, 아이들 추억이 함께하는 곳, 그곳에 묻힌 졸리(래브라도 리트리버), 그리고 방림재를 지을 때 함께해 주신 모든 분들, 특히 도배와 구들장 놓을 때 도와주신 마을 어르신, 고생한다고 콩국수를 해서 갖고 오신 아주머니…… 이제는 고인이 되신 분들도 계신다.

그 모든 기억을 더듬어 방림재 추억으로 들어간다.

    2001년 봄, 우리의 처음 시작은 이렇게 미흡했었다. 남편 친구들이 와서 함께 차광막을 쳐 주던 때이다. 친구들 표정이 각양각색이었지만, 모두가 한 표정으로, 장차 방림재 안주인이 될 나를 걱정했었던 것 같다.

〈2001년 여름. 지인들과 사랑채 짓기〉

〈2002년 살림채 짓기〉

실로 많은 분들이 땀을 흘리며 함께했던 순간들이다.

본채 서까래 공사 중이다.

〈상량식〉

〈내가 직접 쓴 상량문. 2002년 양력 8월 12일〉

　방림재는 모든 면적에 인간의 손이 닿지 않은 곳이 없다. 그래서 그런지 집이 눈에 보기에 특별히 별나 보이지는 않아도 실내에 들어서면 사람을 편안하게 해 주는 신비가 있다.

제1장

겨울 이야기

강원도의 겨울은 깊고도 길다.

그 깊은 깊이를 헤아리다 보면

어느새 나는 나의 깊이를 가늠할 줄 알게 된다.

01 아나콘다가 뒷간에서 나온다면?

몇 년 전부터 수세식 화장실을 집 안에 설치함으로써 뒷간의 기능이 많이 약화되었다. 수세식 화장실이 없던 시절에는 도시의 편리한 생활에 익숙한 손님들이 오면 뒷간을 이용하라고 하는 것이 여간 미안한 일이 아닐 수 없었다. 더구나 한

〈우리 집 뒷간〉

전 전기가 들어오기 전 겨울 밤, 그 멀고도 먼(!) 뒷간을 후레쉬만을 의존해서 간다는 것이……

그런데 그때가 사실은 제대로 산 시절일지도 모른다는 생각이 든다. 나의 몸이 온전히 자연과 함께 순환된다는 것은 뒷간을 이용해야만 느낄 수 있다. 자연으로부터 받은 소중한 먹거리를 내 몸을 통과해서 필요한 에너지만 갖고 나머지는 다시 자연으로 내보내어 자연에게 자양분을 제공하는 것. 그러지 않을 경우에는 나는 받기만 하고 다시

돌려주지 않는 파렴치한 생물체가 되는 것이다.

나와 남편은 늘 뒷간을 이용한다. 느린 남편이 가장 바쁘게 움직일 때가 뒷간으로 향할 때이다. 뒷간 창밖을 내다보면서, 커피 한잔으로 아침의 큰 볼일을 해결한다. 그러니 커피도 타야 되고 서둘러 뛰어가도 1분은 족히 걸리는 거리니 움직임이 바빠질 수밖에 없다.

우리 집 뒷간은 비탈사면으로 재를 뿌리는 잿간형식이라 아래에는 통풍도 잘 되어 냄새가 거의 나지 않는다. 그래서 아주 쾌적하게 커피를 마실 수 있다. 쾌적하다는 말은 밀폐된 공간에서의 답답함에 반하는 말이다.

탁 트인 공간에서 볼일을 보고 지내다가 수세식 화장실에 가면 아무리 깨끗한 수세식 화장실이라도 거기에 앉아 볼일을 볼 때 뭔가 죄를 짓고 있는 느낌과 동시에 답답함을 느낀다. 그건 경험해 본 사람만이 느낄 수 있을 것 같다.

우리 아이들이 뒷간에 익숙해서 수세식 좌변기에 몸을 맡기지 못할 때 익숙함의 위대함을 실감했었는데 시간이 점차 흐르면서 역시 편한 것이 불편한 것을 이긴다는 단순한 진리 또한 실감케 되었다.

큰 아이에게만이라도 뒷간 이용을 적극 권했었으나, 예상했던 것처럼 가지 않았다. 그래도 잊어버릴 만하면 한번쯤 말을 하곤 했는데 어느 날 큰아이 친구들에게서 이야기를 들은 후 우리 부부는 더 이상 말하지 않기로 했다.

큰아이는 다양한 책을 읽어서 그런지 사고가 좀 기발할 때가 많다. 그래서 그런지 꿈 이야기를 하면 참 재미있는 얘기들이 간혹 있다. 다음은 큰아이 친구들에게서 들은 꿈 이야기이다.

"내가 우리 집 뒷간에 가서 응가를 하고 있었단 말이야. 그런데 갑자기 밑에서 뭔가 소리가 나는가 싶더니 거대한 아나콘다가 내 항문으로 들어와서 내 입으로 머리가 나왔어. 깜짝 놀라서 일어났는데 꿈이었어."

아들의 꿈 이야기는 친구들 입을 통해 퍼지면서 꽤나 재미있는 센세이션을 일으켰던 것 같다. 우리도 그 얘기를 듣고 어이없기도 하고 기발하기도 하고 하여간 재미나게 웃었던 기억이 난다.

그러나 결론은 그날 이후로 더 이상 뒷간으로 가라는 말을 하지 않게 되었다는 것이다.

02 가뭄 끝에 찾아온 눈

　　일기예보의 예상을 빗나간 뜻밖의 눈.

　　아침에 눈 뜨면서 시작된 눈이 펑펑 쏟아져 내리기 시작하더니 언제 그칠까 내다보아도 점점 더 쌓이고 쌓이고…… 중부 지방에 비나 눈이 아주 조금만 내릴 것이라고 했는데 털신이 푹푹 빠질 정도로 내렸다.

　　올 겨울 들어 눈다운 눈이 내리지 않았으니, 꼭 이번이 올 겨울 들어 첨 맞이하는 눈 손님인 셈이다.

겨울 이야기

그동안 너무나 기다리던 눈.

눈이 오면 할 수 있는 모든 걸 다 해 본다.

겨울 이야기

〈아기 업은 할머니〉

장작불을 지피고 손을 녹인다. 활활 타오르는 불꽃을 보기만 해도 몸이 절로 녹는다.

따뜻한 화롯가에서 군고구마 먹는 것은 또 다른 행복감을 안겨준다.

03 하얀 마음을 갖고 찾아오면
모두가 친구가 될 수 있다

가을이 깊어지고, 초겨울을 앞두고 찾아오는 손님이 있다. 장끼와 까투리. 꿩 가족들이 방림재 주변을 서성이며 돌아다녔다. 차가 지나가면 길가에서 노닐던 꿩 새끼들이 우왕좌왕한다. 그 소리에 아빠 꿩은 새끼들을 보호하려고 엄청 분주하게 돌아다녔다.

다 따지 못하고 남겨둔 꽃사과. 어느 초겨울 아침, 한참 춥다가 조금 따뜻한 날이었다. 어디서 숨어 지내다가 나타났는지 산까치들이 떼지어 찾아왔다. 그렇게 이틀을 쪼아먹더니 어느 날 보니 열매를 하나도 남김없이 다 먹어 치웠다.

그렇게 시간은 지나고…… 며칠 전 아침에는 온몸을 하얗게―이보다 더 하얀 색이 또 있으랴― 단장한 손님들이 쏟아져 내려왔다. 초대하지 않은 손님이지만, 언젠가는 오겠지 마음속으로 기다려지던 손님. 언제나 하얗게 한결같은 모습임에도, 전혀 색다른 것이 없는데도 불구하고 늘 반가운 손님이다. 어릴 때 수채화 물감에서 흰색은 가장 빨리 없어졌는데 하늘 나라에는 메마르지 않는 흰색 물감 샘물이 있나 보다!

다음 날 기와 밑 처마에는 또 다른 손님이
밤새 우릴 맞이하려고 준비하고 있었네.
하룻밤 새에 서로 누가 누가 더 길게 자라나
뽐내는 시합이라도 하듯이.
자신의 몸을 이렇게 청명하고 투명하게 만들 수 있는 게 있을까?

밖에서 눈사람 만들던 딸아이가 나와서 보라고 성화다. '미니 눈사람'을 만들었다. 역시 흰 손님과 함께 언제나 찾아오는 사람이 등장했다.

그러고 보면, 방림재에 찾아오는 반가운 손님이 참 많은 것 같다. 비록 우리의 허락을 구하지 않고 찾아드는 손님일지라도 하얀 맘을 갖고 있다면 서로가 친구가 될 수 있는 것 같다. 먹으라고 주지 않은 꽃사과를 맘대로 와서 먹는 산까치조차도…….

〈방림재의 겨울 새벽. 운무가 휘몰아 감고 있다.〉

인간이 만든 틀과 경계가 있더라도 자연들은 그 틀과 경계로 구분되지 않는다. 자연의 영역에서는 경계가 없다. 그렇게 따지면 우리 인간들이 자연의 많은 것들을 허락 없이 경계 짓고 독점하고 점령해 가고 있다는 생각이 든다. 옛날 어른들이 꼭대기에 있는 감들을 굳이 따지 않고 두었던 지혜는 참으로 훌륭한 삶의 자세가 몸에 녹아있는 것이다.

04 공부 잘하는 아이를 만들고 싶다면?

"공부 잘하는 아이를 만들고 싶다면 결국 공부 잘하는 아이를 낳으면 된다."

결론은 그것이다.

먹고살기 힘들다, 경제적 난국이다 하면서 어른들은 아이들이 어느 분야에서든 최고가 되길 원한다. 지금 이 순간에도 많은 아이들이 학교와 학원에서 밤늦게까지 학업에 몰두할 것이다.

매스컴에서는 수능 최고 점수를 받은 자, 사시 · 행시 최연소 합격생 그리고 김연아 선수나 성악가 조수미 같은 사람, 아니면 박지성, 박찬호 선수를 보도하고, 도서관에서는 그들의 위인전이 아동 책으로 나와 있는 것을 볼 수 있다.

'어린이 여러분, 누구나 이렇게 세계적인 스타가 될 수 있습니다.'라는 문구로 시작된 책과 만화책들이 진열되어 있다.

'그러나 아닙니다. 누구나 그렇게 될 수는 없습니다.'

적어도 내 생각은 그렇다. 이미 태어날 때 99.9%가 결정되어 나온다는 것이다.

어머니의 10달 태교는 동서고금을 막론하고 아주 중요한 부분을 차지하고 있다. 그러나 이 또한 이미 늦었다는 것이다. 다만 성품을 좀 더 온화하게는 할 수 있어도 기본적인 근간을 뒤흔들지는 못한다는 것이다. 어머니의 열 달 태교보다 그 이전에 어머니, 아버지가 되기 훨씬 전부터 지니고 있는 두 사람의 몸과 마음가짐이 더 중요하다는 것이다.

현대에 와서 서양의 자유로운 성 표현이 영화나 드라마를 통해 들어오면서 우리나라도 남녀의 성적 표현을 아주 자연스럽게 말하곤 한다. 아름답고 매력적인-이렇게 좋은 우리말이 있는데도 불구하고- 여성을 보고는 섹시하다고 표현하는 것도 그 단적인 예이다. 섹시하다는 것은 성적인 면에서 흥분을 유발시키는 자태를 말하는 것이다. 외적인 성 표현으로 정작 아름다운 남녀의 사랑 행위로 얻어지는 우주의 질서에 대해선 너무나 등한시하는 것이 심히 유감이다.

조선시대에는 간택일을 잡고, 합방일을 잡았다. 현대인에게 그런 말을 하면 그런 구닥다리 같은 미신이 없어진 것이 참 다행이라 여길 것이고, 옛날에는 그러고 어떻게 살았을까 한숨을 내쉴지도 모른다.

그러나 잘 생각해 보면, 참으로 소름 끼치고 무서운 일이다. 예를 들어 성악가 조수미나 피겨여왕 김연아를 보면 그 어머니들이 각각 성악을 하고 싶었다거나, 피겨스케이팅을 하고 싶었다는 것에서도 엿볼 수 있듯이 부모들의 깊은 바람이 다음 혼으로 그대로 이양되었다는 것이다.

과연 어떻게 이양될 수 있을까? 그것은 바로 그런 혼을 만나는 것이다.

내가 지금 무엇을 생각하고 살고 있는지, 무엇을 꿈꾸고 살아가는지 한 발 한 발 내디딜 때마다 조심스럽다. 특히 결혼 적령기의 남녀라면, 외적인 미모를 보는 것보다 상대가 무엇을 꿈꾸며 살아가는지가 중요할 것 같다.

내가 그런 생각을 품으면 그런 혼들과 강한 인력이 생긴다. 우주의 조화로 인해 세 혼의 영적 인력이 결합하게 되어 새로운 창조물이 형성된다.

어떤 부모는 아이가 마음에 안들 때 "쟤는 누굴 닮았는지, 진짜 안 맞아." 그런다. 때론 부모는 부지런한데 게으른 아이가 태어날 수도 있다. 그러면 다들 부모를 안 닮았다고 한다. 부모는 공부를 잘했는데 아이가 못하면 저 자식은 누굴 닮았는지 날 안 닮았다고 그런다.

유감스럽게도, 그 자식은 그 부모를 닮았다. 다만, 그 아이를 점지할 때 나의 마음과 몸 상태가 그러했다는 것이다.

'나'라는 존재를 100%로 표현한다고 하자. 그 중 90%의 부분을 갖고 일상을 영위하다가 어느 날 너무너무 지쳐서 쉬고 싶어 매일매일 '아, 쉬고 싶다.' 혹은 '그냥 모든 걸 다 그만두고 싶다.' 그러면서 빈둥빈둥 쉬고 있을 때나 매일 일상을 영위해도 게으름 피우고 싶은 마음만 갖고 살았을 때 아이가 생겼다면, 본인은 비록 자신의 대부분을 차지하는 것이 부지런함이지만 나머지 10% 정도 있는 게으름이 돌출되었을 때이므로 게으른 아이가 탄생할 수 있다는 것이다.

그러나 그렇다고 인간이 매일 부지런히 살 수는 없는 노릇이다. 그러니 조상들이 합방일을 정한 것은 굉장히 일리가 있는 것이다.
물론 그것이 원활하게 잘되었을 것이라고는 보지 않는다. 사랑하지 않는 사람과 결혼을 했을 수도 있고, 합방일을 잡아두고 몸과 마음을 잘 수행했는지도 의문이지만, 그래도 새로운 생명이 탄생하는 데 있어서 그만큼 조심했다는 것에서는 높이 평가할 만하다.

간혹 공부를 잘했던 부모 밑의 아이가 공부를 못하는 경우도 꽤 많다. 그것은 공부를 잘한 부모는 공부에 대한 염원이 별로 없기 때문이다. 그리고 대부분의 사람들은 자신의 현재 삶에 대해 만족스러워하지 않는다. 그러니 공부를 잘해도 이 모양 이 꼴로 사는데 하면서 부정적인 시각을 가질 수 있다.
그러나 반대로 공부를 못했던 부모 밑에서 의외로 공부를 잘하는 자식이, 그것도 전교 1등이나 수석 합격자가 나오는 경우도 꽤 있다. 그것은 오랜 바람의 결실이라고 본다.
자식이 못마땅할 때는 부모의 원죄라고 생각하고 내 몸과 마음을 먼저 닦는 것이 우선일 것이다. 무엇보다 남녀의 밝은 꿈이 중요하겠고, 아버지는 심지와 그릇 역할을 하고, 어머니는 기름지고 풍성한 토양과 같은 역할을 해야 한다.

이 시점에서 나는 결혼 적령기 혹은 그 이전의 연령에서도 합방 태교를 교육하는 것이 바람직하다고 여긴다. 요즘 소위 말하는 성교육은 외향적인, 눈에 보이는 측면만 교육하므로 무언가 알맹이가 빠진, 핵심이 없는 교육 같다. 인생을 살아가면서 많은 부분을 차지하는 교육 문제, 어쩌면 교육이 이루어지기 전 교육이 절실히 필요하다고 본다.

윤동주의 '서시'가 나이 마흔이 넘어서야 내 마음에 스치운다.

죽는 날까지 하늘을 우러러 한 점 부끄럼이 없기를
잎새에 이는 바람에도 나는 괴로워했다.
별을 노래하는 마음으로 모든 죽어가는 것을 사랑해야지.
그리고 나한테 주어진 길을 걸어가야겠다.
오늘밤에도 별이 바람에 스치운다.

중요한 것은 아이를 바라볼 때 아이를 통해 나 자신을 들여다보고 기꺼이 받아들이는 자세와 무엇보다 지금 이 순간 행복을 느낄 줄 아는 것이다.

이 땅의 부모들, 혹은 부모가 되려는 많은 사람들과 함께했으면 하는 마음이다.

05 철모르는 민들레

얼마 전 바람이 많이 부는 날 길가에서 한 송이 노오란 민들레를 보았다. 아마 두 송이가 차례로 피고, 좀 전에 핀 것은 기온 탓인지 홀씨가 뭉개져 자리를 잡고 있었다. 그리고 또 다른 한 송이가 인내를 갖고 고고하게 피어 있다.

바람은 불어도 마침 햇살이 잘 비치는 양지바른 곳, 그러나 말할 것도 없이 옷깃을 여미는 한겨울이다.

그대는 어찌하여 남들 다 하고 지
나간 뒤 꼭 이렇게 뒷 뿔을 내는가?

그대는 어찌 그리 튀고 싶을까?

그게 아닐까…….

그대는 어쩜 눈물겨운 오랜 고행
끝에 드디어 한 송이 꽃으로 피어난
것일까?

남들이 햇살 좋은 봄볕에 너도나도 수다를 떨며 희희낙락 사람들의 사랑과 찬사를 받으면서 피어날 때 얼마나 많은 시련과 눈물로 세월을 지새웠을까?

세상의 진리라는 것이 확률적으로 보편타당할 뿐이지, 꼭 절대적인 것만 있지는 않다. 누구나 알고 있듯이 민들레는 봄에 꽃을 피운다. 물론 노란 민들레는 가을에도 다시 피기도 한다. 그러나 이렇게 한 겨울에 단 0.00……1%의 확률로 피어나는, 전체 강원도에서 어쩜 단 한 송이로 피어나는 꽃이 있다는 것에 주목을 해 주어야 된다.

현대는 모든 것이 나란히 나란히 일렬종대로 똑같이 키워내는 방식이 곡식과 채소뿐만 아니라, 인간을 키워내는 것에도 영향을 미치고 있다. 예외와 다양성을 인정해 주지 않고 위로만 위로만 올라가는 교육, 더불어 점점 아래로 아래로 내려가는 조기 교육을 시킨다.

혹한의 추위를 모두들 이겨내는 이 한겨울 한낮의 민들레꽃 한 송이에 시대적 한탄과 동시에 미소를 동반한 희망을 느낀다.

06 세균도 꼭꼭 씹어 먹어라

　TV광고를 보면 요즘 세균 때문에 판매되는 제품들이 참 많아졌다는 생각을 한다. 침대 매트리스에 있는 세균, 칫솔에 있는 세균, 욕실에 있는 세균 등. 과연 세균이 문제일까?

　신종플루가 한참 유행일 때는 전 국민들에게 손 씻기를 강요했다. 그리고 손 소독제를 비치하지 않는 음식점은 마치 시대 흐름에 뒤지는 비위생업소로 인식되곤 했다. 우리나라는 뭐 하나가 유행하면 전 국민이 단결하여 다 해야 하는 습성이 있다. 국민 모두를 면역력이 결핍된 환자 취급한다는 것이다.
　물론 청결히 하는 것은 과히 나쁘지는 않다. 여력이 되어 위생관리를 철저히 하는 것도 좋겠지. 하지만 눈에 보이지 않는 세균이라는 걸 잡기 위해 살균제라는 약품을 사용하는 것이 큰 문제이다.
　얼마 전 가습기에 있는 세균을 잡기 위해 가습기살균제가 판매된 것이 큰 사건이 되었다. 세균 잡으려다가 사람 목숨까지 앗아가는 상황이 벌어졌다.

"하루 종일 모든 걸 만지는 주부의 손, 과연 우리 엄마의 손은 깨끗할까요?"

이런 식의 광고도 있다. 주부의 손에 세균이 득실거리는 장면을 보여주면서 손 소독제 광고를 한다.

아기침대 매트리스에 살균제를 뿌리고는 이제는 안심이라고 한다.
'과연 안심일까?' 하는 의문을 한 번쯤은 제기해 봐야 한다.

가습기 살균제, 손 소독제, 식당에서 쓰는 물수건. 이 모든 것이 세균도 잡고 나도 잡을 수 있다.

식당에서 쓰는 물수건으로 테이블을 우연히 닦은 한 할머니가 말하기를, 테이블의 찌든 때도 다 지워진다는 것이다. 물론 손 이외의 것을 닦는 그러한 사람들이 늘어나면서 물수건이 더욱 강도 높은 살균세정제에 푹 담가졌다가 나와서 그렇겠지만.

우리가 어릴 때는 흙먼지 속에서 살았다. 그 이전의 사람들은 주로 생활하는 곳 반경 5m 안에 뒷간과 거름더미를 두고 그 속에서 살았다. 세균이 아마도 지금보다 더 많은 환경 속에서 살았을 것이다.

세균은 인간이 생존해 있다면 도처에 어디든지 존재한다. 세균이 병의 근원이라면, 왜 현대에 와서 그 많은 질병의 이름들이 쏟아져 나올까? 요는 면역력이다. 세균을 무서워해야 하는 것이 아니다. 면역력이 갈수록 떨어지는 것이 질병의 주된 요인이다.

"세균도 꼭꼭 씹어 먹어라" 세균 퇴치의 가장 좋은 치료법이라 생각한다.

한 가지 더 필요한 것이 있다. "생태적 감수성을 키우자"

생태적 감수성은 우리가 어떤 물건이나 먹거리를 보았을 때 몸에서 자동으로 '좋을 것이다.', '나쁠 것이다.' 판단하는 느낌이다. '먹지 않는 것이 좋겠다.' 혹은 '사용하지 않는 것이 좋겠다.'라고 생각한다든지, 냄새를 맡으면 머리가 아프거나 더 섬세하게 느끼는 사람은 구토 증세가 일어난다든지. 그러한 느낌 체계를 갖는 것은 병이 나기 전에 병을 다스리는 비법이다.

07 뿌리

일본에서는 연말에 지인들과 모여 이런 놀이를 한다고 한다. 올 한 해를 한마디로 표현하는, 즉 한자어 한 단어로 표현하고 그 연유(緣由)를 돌아가면서 얘기를 나누는 문화이다. 자신을 가장 지배한 생각도 되고, 가장 뜻깊은 것도 되고, 힘들게 한 것도 된다.

그래서 나도 한번 생각해 봤다. 나에게 있어 올 한 해를 한마디로 표현하자면, '뿌리'이다. 한자어 한 단어로 하면, 근(根)이다.

뿌리

올 초 아버지를 여의고⋯⋯
그 슬픔은 복사꽃, 목련꽃 꽃잎 속으로 흘러 떨어지고
다시 오뉴월 뙤약볕 그늘 속에 잠시 숨었다가
구슬땀이 되어 텃밭 위에 스며들고
그것이 가슴 시리도록 투명한 푸르른 열매 되어 나에게 저며들 때
내 눈에 뜨거운 기운이 솟아나 새하얀 눈을 녹인다.

아버지는 어디서 와서 어디로 갔을까?

나는 어디서 와서 어디로 갈까?

우리 모두는 어디서 와서 어디로 가는 것일까?

08 강원도의 겨울

겨울 이야기

겨울 이야기

깊이

강원도의 겨울은 깊고도 길다.
그 깊은 깊이를 헤아리다 보면
어느새 나는 나의 깊이를 가늠할 줄 알게 된다.

마흔 중반을 넘어서 보니
나는 내가 부족한 것을 깨닫게 되고
무엇이 치명적인 약점인지 알게 된다.
아니, 인정하게 된다.

나를 정확히 들여다보고, 인정하고, 그 그릇을 가늠하게 되면,
헛헛한 것이 아니라
든든한 울타리 하나를 갖고 다니는 듯하다.

삶에서 무리를 하지 않는 것만큼 화를 면할 수 있는
좋은 기회는 없다.
나는 내가 이대로인 것을 받아들이고
자족하는 여유가 생기는 것은
강원도의 겨울과 함께한 탓일 게다.

09 눈 내리는 밤

눈 내리는 밤 마당을 거닐어 본 적 있는가?

눈 내리는 밤
마당을 거닐어 본 적 있는가?

그 많은 낮의 소리는 땅 속 깊이 묻혀
새하이얀 솜이불로 감싸진다.

그 많던 별들은 무음의 소리로
하이얀 눈이 되어 지상에 떨어진다.

희뿌연 천지, 암흑의 산천이
묵언에 잠기고, 그 속에 나도 잠긴다.

검푸른 고요 속의 마을
일곱 가로등만이 하늘의 빛을 대신한다.

10 기적 같은 삶

기적 같은 삶

평탄한 길을 산책하여 간다.
온갖 번뇌에 잠긴다.
이 번뇌를 모두 벗어던지고 싶어 한다.

갑자기 빙판길을 만난다.
좀 전까지의 번뇌가 일시에 사라진다.
오직 살 길에만 온 정신을 집중한다.

내가 번뇌가 많을 때는
아직 탈없이 살아있다는 것이오.
아직 생존의 위기가 오지 않았다는 것이오.
아직 번뇌 속에 있다는 것이 행복할 때라는 것이다.

번뇌를 하고 있을 때가 기적처럼 생존하고 있다는 증거다.

11 나를 내려다보는 나로 아래를 보면
- 두 개의 나로 분리

　어릴 적 대문 밖만 나가면 공터가 모두 흙으로 되어 있었다. 여자아이들은 고무줄놀이, 공기놀이 등을 했다. 그러다 지겨우면 주변의 나무 막대기를 하나 주워서 그림을 그렸다. 예쁜 공주를 그리기도 하고, 집과 길, 나무를 그리기도 했다.

　그러나 나는 아무 생각이 없을 때, 특별히 그리고 싶은 것이 없을 때는 씨실과 날실을 엮은 격자무늬를 자주 그리곤 했다. 그다음 마지막 단계에서 지그재그로 아무렇게나 아래위로 막대기를 놀렸다.

　최근에 나는, 위에서 나를 내려다보는 것이 어떤 느낌인지 알 듯하다. 막대기를 들고 땅 아래를 내려다보고 있었던 어린 시절의 그 느낌이다. 특히 귀찮거나, 힘겨울 때, 하기 싫은 일이 있을 때 혹은 결정을 내리기 힘든 일이 있을 때 내가 두 개의 나로 분리되는 것이 확연히 느껴진다.

　하나는 지금 행동하는 나, 또 하나는 위에서 나를 내려다보는 나.

　그렇게 나를 내려다보는 나로 아래를 보면, 지금의 문젯거리가 별

문제가 되지 않는다. 그저 흘러가는 시간 속에 내가 존재하는 듯하다. 지금 이 순간은 그것이 싫지만, 전체의 흐름으로 볼 때는 겪어봐도 괜찮을 그런 것으로 받아들여진다.

한 생이 넓은 운동장이라고 하면, 마흔 중반의 나는 반평생을 스케치한 셈이다.

미술시간에 하는 '데칼코마니'가 생각난다. 운동장 크기의 백지에 본인의 의사에 따라 각종 색을 뿌린 실들을 반 접은 종이 안에 넣고 원하는 방향대로 실을 잡아당긴다. 그리고 다시 폈을 때 살아온 반평생이 똑같이 투영되듯 남은 생이 반영된다.

그 운동장을 모두 다채롭게 채울 것인지, 그저 한 길로만 직선으로 갈 것인지 본인의 마음에 달려있다. 직선으로 가면 행동하는 나는 참 편하고 좋을 듯하다. 그러나 위에서 내려다보는 나로 보았을 때는 재미없는 작품이 된다.

12 보자기

보자기

한국의 보자기는 평면이지만
담는 것이 무엇이냐에 따라
그 형태가 무궁무진하게 변한다.

한국의 보자기는 사람의 몸과 얼굴과 같다.
무엇을 담느냐에 따라
모양과 표정이 달라진다.

13 '졸리'라는 이름의 유래

우리 집에 졸리를 키우라고 주신 분은 강원도 정선 자개골로 귀촌하신 분이다. 계곡이 정말 아름다운 곳에 통나무집을 손수 지었는데 우리가 여름에 간혹 놀러 가곤 했다. 하루는 우리 딸이 그 집에 있는 졸리라는 래브라도 리트리버를 너무 예뻐하는 것을 보고, 마침 개가 너무 많아서 새 주인을 찾고 있는 차에, 그분은 사료 두 포를 주면서 홀가분한 웃음을 지으셨다.

그런데 실제 졸리의 주인은 다른 분이었다. 잠시 여행을 가려고 자개골에 맡겨두었는데 전화를 해서 졸리를 예뻐하는 소녀가 있다고 그집에 주겠다고 하고는 우리 집으로 오게 되었다.

졸리의 원래 주인은 한때 지리산 뱀사골에 사셨다. 거기서 진돗개 암수 두 마리를 길렀다. 하루는 먹이를 주려고 나갔는데 수컷은 안 보이고, 암컷만 있어서 오겠지 하고 먹이를 주었다. 다음 날에 또 먹이를 주려고 했는데 역시 암컷만 있고, 이번에는 개밥그릇이 안 보여서, 새로 밥그릇을 마련해서 먹이를 주었다.

그다음 날도 같은 일이 반복되었다. 3일째 되는 날 또 다른 밥그릇에다가 먹이를 주고는 숨어서 지켜보았다고 한다. 그러자 암컷이 개밥그릇을 입에 물고 어디론가 가는 것이 아닌가?

암컷 뒤를 쫓아가기 시작했다. 한참을 숲속으로 따라갔는데 거기에는 집에 돌아오지 못한 수컷이 덫에 걸려 끙끙거리고 있었다. 수컷 옆에는 사라진 밥그릇도 모여 있었다. 암컷은 덫에 걸린 남편 먹이를 날라주었던 것이다. 이 암컷 진돗개 이름이 졸리였다고 한다.

그 후 졸리라는 이름이 너무 좋아서, 지금의 졸리도 이 이름으로 불렀다고 한다. 그렇게 사연이 있는 이름으로 여러 사람을 거쳐서 졸리는 우리 방림재의 한식구가 되었다.

14 참시래기 향은 할머니 향

어린 시절 할머니 방에 가면 할머니만의 냄새가 났다.
할머니가 세상을 떠나신 지도 20여 년이 지나간다.
아주 오랜 시간 할머니 냄새를 잊고 살았다.

시골 살이에서 시래기가 뭔지를 알고
그 맛까지 음미할 줄 알게 되었을 때
시래기 삶는 나의 입가에 미소가 절로 번져 나온다.

시래기의 이 구수한 냄새는
바로 어릴 적 익숙한 할머니 냄새다.

무청을 그냥 삶으면 이런 향이 나오지 않는다.
그늘진 곳에서 차디찬 겨울 바람을 쐬어
발효된 시래기에서만 나오는 그윽한 향이다.

그늘졌지만 따뜻한 실내에서 말린 시래기는 빛깔이 누렇다.
모진 찬바람을 온몸으로 견뎌낸 그대는
아주 서서히 느리게 수분이 빠져 나가면서
본연의 푸르름을 고이 간직하며 찬란한 색을 발한다.

할머니와 시래기는 같은 향이다.
참시래기 향은 참스럽게 살아온 할머니의 발효된
깊은 삶의 향기 같다.

15 왜 조그만 일에만 분개하는가?

최인호 작가가 《꽃밭》이라는 아름다운 수필집을 펴냈는데 그 속에 김수영 시인의 '어느 날 고궁을 나오면서'라는 시에 대한 소개 글이 있다.

> "김수영의 이 시는 5, 60년대의 암울했던 우리의 현실 속에서 정면으로 사회의 부조리에는 감히 저항하지 못하면서 어느 날 고궁에 갔다가 나오면서 우리의 역사와 암울한 현실을 마주 보고 속물 중의 속물인 자신의 소시민적인 본성을 적나라하게 폭로하고 비판하는 작품이다."

내가 아는 한 사람도 김수영 시를 즐겨하는 편이라 나도 한 번 더 관심 있게 읽었다. 그러고 보면 나도 나라의 부조리에 대한 거창한 분개까지는 아니더라도, 정말 거기까지는 안 가더라도 일상 생활에서 시도 때도 없이 작은 일에 분개하지 않는가.

최인호 작가는 "나는 이제 조그만 일에 분개하는 사람이기보다 조그만 일에도 나 스스로 친절하고 겸손하고 더욱더 작아져 모래처럼 적은 사람이 되고 싶다. 바람과 먼지와 풀처럼 정말 얼만큼 적은 사람이 되고 싶다."라고 끝을 맺었는데 참 공감하는 말이다.

　나도 이제 그러고 싶다.

16 오대산 전나무숲 가는 길

    평창에서 가장 가보면 좋을 곳을 추천하라고 하면, 나는 단연 여기를 제일 먼저 말할 것이다. 오대산 전나무숲길. 꼭 월정사 경내까지 안 가도 좋다. 그러나 여기는 꼭 거닐어 보라고 말하고 싶다.

〈오대산에서 내가 가장 좋아하는 길. 월정사 일주문에서 경내까지 이어지는 전나무숲길〉

나무의 수령은 100~200년 정도 되었다. 전나무숲 그늘은 아직도 눈이 녹지 않고 있다. 여름이면 시원한 그늘을 만들어 주고 겨울이면 고즈넉한 외경을 느끼게 한다.

오대산 월정사는 시도 때도 없이 많은 이들로 붐비긴 하지만 특히 봄과 가을에 관광버스들이 즐비하게 이곳을 찾는다. 관광버스는 월정사 외곽에 있는 월정사 주차장에 멈추고 관광객은 월정사만 시간 내에 보고는 다시 버스에 올라 상원사로 먼지를 날리며 달아난다. 늘 그런 코스로 관광을 다니는 걸 보는 날이면 참 안타깝다. 그들 손을 잡아 끌고 이곳 전나무숲을 보여 주고 싶다. 그들이 수학여행 온 학생들이라면 더욱 그렇다.

이 길로 접어들면 잠시 내가 사바세계에서 선계의 안개 속에 들어온 듯하다. 실로 너무나 작아지는 나를 느끼면서도 동시에 나 자신이 그렇게 그윽해질 수가 없다. 자연 속에 완전히 들어가면 인간의 느낌이 없어지는 것인가? 아님 본연의 인간으로 돌아가는 듯한 느낌일까?

난 이 길을 너무나 사랑한다.
아마 천 번을 와도 지겹지 않을 곳이다.

그 웅장하고 전지전능해 보이기까지 하는 전나무도 세월과 풍파의 무게로 이렇게 무너져 버렸다. 2006년 10월에 쓰러졌다는 안내판이 있었다. 잠시 고목의 품에 안겨 보았다.

17 설경 - 침묵

겨울 이야기

제2장

봄 이야기

냉이 캐는 내 손도 조근조근 춤추며

흙 묻은 뿌리

코끝에 닿으니

겨우내 시름이 밀려나

봄 내음 가득해진다.

01 방림재의 봄기운

긴 겨울이 이제는 지나가려나, 갑자기 찾아드는 봄의 기운들…….

돌담 아래 언제나 소리 소문 없이 소복하게 피어나는 보랏빛의 봄
꽃, 제비꽃.

하지만 봄소식에 봄눈이 빠질 수는 없다.

봄눈이라 시멘트 길은 금방 녹아 버렸다.

이제나저제나 봄을 기다리며 겨우내 살아남은 말벌이 때아닌 눈벼락에 놀라 어찌할 바를 모르고 있다.

봄맞이를 서두른 산수유꽃도 봄눈을 피해갈 수는 없었다.

올 듯 말 듯 하는 봄기운에 간간이 피어오른 생강나무꽃.
언제나처럼 봄눈으로 몸을 한 번 정화한다.

봄눈 녹은 후, 이렇게 향기 그윽한 꽃들이 만개한다.

강원도 봄의 전령사, 생강나무꽃.
향기가 매화 향 못지않게 은은하고 달콤하다.

02 방림재 현판

입주 8년여 만에 이룬 것이 있다.

이웃지기를 잘 만난 덕분에 이렇게 이 글이 누구나 감상할 수 있는 작품이 되었다.

'아름다운 향기가 나는 숲속 집', 방림재.

사실 방림재 현판 글씨는 서예가 효산 손창락 선생님의 친필이다. 고이 보관해 두었다가 블로그를 통해 알게 된 지인분에 의해 재탄생되었다.

돌 틈에 있는 앵두나무꽃이 이제 개화가 시작되었다.

식목일에 그 아래 돌배나무도 심었다.

아마, 저 나무들이 꽃을 피우고 발 아래에는 꽃잔디가 아름드리 피어나면 현판도 이름 따라 더 빛이 나지 않을까 상상해 본다.

03 아픔과 아름다움

남편이 장작을 패다 허리를 삐어 10여 일 앓았다.

'네 몸에 병 없기를 바라지 마라. 병을 약으로 삼아라'라는 보왕삼매경 구절을 언제부터인가 자신의 만병통치약으로 삼고, 아픔을 씹으면서 맛보면서 아픈 사람들을 생각하다가 아픔 자체와 병에 대해 생각해본다고 했다.

아픔이 '알을 품다'에서 나온 말이란 생각이 들면서, 알을 품는 암탉을 회상했다. 맞았다. 아픔은 그 암탉이 알을 품는 것과 느낌이 같았다.

'아픔만큼 성숙해지고'란 노래 가사 구절이 있다. 아픔은 새로운 것이 내 몸 안으로 들어와 내 몸과 그 새로이 들어온 것이 하나 되고자하는 '사랑 행위'.

따라서 아픔을 만끽한다는 것은, 아픔을 절절히 아파한다는 것은 내 몸의 모든 부분이 하나 되어 새로이 들어온 것과 온전히 하나 되는 것. 그래서 새로운 하나, 새로운 몸, 성숙한 내가 되는 것. 바로 '알을 품어(아픔)', '알이 움트는 것(아름다움)'.

따라서 내 몸은-모든 존재가 그렇듯- 끊임없이 변하는 것. 일상적으로 또 절절히 아파할 때야말로 진실로 건강한 것. 아름다운 사람이 되는 것이다.

아픔을 느끼지 못하는 둔탁한 사람. 바빠서 아픈 것을 부채로 쌓아놓는 사람. 그들이 품지 않는 알은 썩는다. 하나 되지 않는 것은 이미 그 순간부터 서로에게서 존재하지 않는다. 죽음과 소멸은 그렇게 오는 것.

암(癌)은 알을 품지 않아서 알이 움트지 못하고 알이 앞으로 불거져 나와 맺힌 것(ㅇ + ㅏ + ㅁ). 일상에서 조금씩의 아픔을 늘 겪으면서 아름다움으로 피워내야만 한다.

04 봄눈 오는 날 등굣길

　아침 7시. 큰 아이가 장화를 신고 시내버스 타기 전에 갈아 신으려고 운동화는 비닐봉지에 넣어 간다. 버스정류장 앞에는 문 닫은 지 오래된 빈 가게가 있다. 장화는 거기 넣어 놓기로 했다. 아버지도 함께 따라가고 있다. 어제부터 함께 나간다. 아들은 학교로, 아버지는 국궁장으로 향한다.

40분 뒤 딸아이의 등굣길. 딸아이가 학교 가는 길은
졸리까지 배웅해 준다.

눈이 와서 일찍 나갔더니 버스를 5분 정도 기다렸다.
드디어 통학버스가 오고 있다.

딸아이가 초등 5학년이 되어서도 졸리의 학교길
배웅은 계속되었다.

봄 이야기

그렇게 학교길 배웅을 마치고 졸리와 나는 1시간여
산책을 하고 집으로 돌아온다.

05 봄의 전령

 친구 동생이 미국 버지니아주에 살고 있다. 미국에서 결혼해 거기서 살고 있는데 한번은 부부가 한국에 한 달간 다녀간 적이 있다. 그렇게 여름 한 달간 집을 비웠으니 정원의 잔디밭은 어떻게 되었을까?

 미국은 주택마다 대지(垈地)의 2~3배의 정원을 갖고 있다. 땅이 워낙 넓은 곳이라 이해는 가지만, 그 넓은 마당에 채소를 가꾸는 집은 거의 없다. 오로지 큰 나무 하나 둘, 그리고 집을 에워싸는 적당한 사철나무 그 외는 모두 잔디를 심는다. 그리고 매주 남자들은 정원을 손질한다.

 집 밖에 빨래를 널지 않는 것이 이웃에게 폐를 끼치지 않기 위한 예의인 것처럼 마당의 정원도 잘 손질되어 있어야 또한 이웃에게 누가 되지 않는다. 은연 중에 그것이 관례화되어 있는 것 같다.

 그런데 그 부부가 집으로 돌아와 보니 메말라 타 있을 것이라 예상했던 잔디밭이 멀쩡했다. 누군가가 계속 물을 주었던 것이다. 알고 보니 바로 이웃 집에 살고 있는 중년의 남자였다.

친구 동생이 너무 고마워서 맛있는 것을 갖다 드렸는데 오히려 맛있는 음식에 감탄하여 잠깐만 여기 서 있으라고 하여 기다렸더니, 그 중년의 남자가 피아노 앞에 가서 앉는 게 아닌가! 그러더니 감사의 뜻으로 뭔가 줄 것이 없으므로 내 피아노곡으로 대신한다고 하며 '엘리제를 위하여'를 연주하였다고 한다.

살면서 기쁨이라는 것, 사람의 마음을 움직이게 하는 것. 그것은 꼭 큰 것이 아니라는 것을 느낄 수 있다. 마음에서 진심으로 우러나오는 최선의 것이면 뭐든 감동을 받는 것 같다.

귀촌하신 이웃분이 보내주신 봄의 전령사들이다.

하얀 편지 봉투 속에서 따스한 봄소식이 전해온다.

찰옥수수 씨앗, 답싸리, 채송화 등. 금꿩의 다리는 어떤 존재인지…… 설레는 미소를 자아낸다. 어서 이 씨앗들이 새로운 모습으로 세상에서 탈바꿈되길 바라면서 내 존재의 역할이 기다려진다.

06 한낮의 점심과 좋은 말씀

이웃에 귀농하신 분이 아시는 분 몇 분을 모시고 오셨다. 수녀님과 자연생태연구소 마당을 운영하고 계시는, 별호가 '코딱지'라고 소개하시는 분, 그리고 몇 분들. 내가 만든 다식을 보고 무릎을 꿇고 합장을 하시면서 이것을 만든 이의 집을 가보고 싶다고 하셨다면서 다식을 사러 가겠다고 준비를 해 두라고 하셨다.

어제는 아침부터 바빴다. 다식 만들 세팅을 다 하고는 일단 점심거리를 간단히 장만해 두고, 다식을 만들었다. 남편이 옆에서 거들어 주었지만 두 가지

를 한꺼번에 하느라 분주했다.

내 다식을 보고 무릎 꿇고 합장까지 한 뒤 "'정과 성'이네요." 하시면서 드셨다고 하니 좀 송구스럽기도 하고 민망하기도 하고. 어쨌든 여기까지 오시는데 점심은 드셔야 될 것 같기도 해서 냉동실을 뒤져서 토속적인 것으로만 메뉴를 정했다.

시골에 살다 보면 그냥 전화 없이도 방문하시는 분도 계신다. 도시에서는 이런 것이 무례하기 짝이 없는 일이라고 여기겠지만 시골에서는 잘 아는 사이일수록 갑자기 찾아오면 어지간한 경우를 제외하고는 참 반가운 일이다.

더구나 식사 때 오게 되면 있는 반찬에 진짜 숟가락 하나 더 놓고 함께 먹으면서 즐거움을 나눈다. 그래서 나는 갑자기 손님이 찾아오더라도 최소 30분에서 최대 1시간이면 식사 준비를 할 수 있어야 제대로 시골 살이에 입문했다고 인정할 수 있다고 본다. 그러니 밑반찬이며 장아찌 같은 음식을 많이 해 두면 시간이 더 단축될 것이다.

이날 점심 메뉴는 콩ㆍ팥밥과 쑥콩가루국, 된장찌개, 북어구이, 시래기볶음, 무말랭이김치, 김장김치, 깻잎김치, 정선에서 오신 분이 갖고 온 매실장아찌.

점심 식사 후 차를 마시면서 좋은 말씀을 많이 들었다.

'인간의 생각이 언행이 되고, 언행이 습이 되고, 습이 인격이 되고, 그것이 바로 인간의 삶이다.'라는 말씀.

그러면서 요즘 아이들이 컴퓨터 게임이나 TV로 인해 생각을 하지 않는 사람으로 커 가는 것이 걱정스럽다고 하셨다.

07 2009년 '전원생활' 잡지 9월호
- 수기 응모 가작 당선작

귀농하여 이럭저럭 농촌 생활에 익숙해진 삶도 어언 8년째 접어든다. 초등학교 1학년 때 전학 온 첫 아이는 이제 중학교 2학년이 되었고, 기저귀를 차고 겨우 걸음마를 배우던 둘째는 초등학교 2학년이 되었다.

8년 전 농촌에 가자고 설득하는 남편에게서 안겨 받은 책들이 있다. 스콧 니어링의 《스콧 니어링 자서전》, 《조화로운 삶》, 법정 스님의 《산에는 꽃이 피네》 등이다.

사람들은 내게 묻는다. "어떻게 귀농하셨어요? 가고 싶지만 막상 용기를 내기가 힘들 텐데요."라고. 그럼 나는 서슴없이 말한다. "네에~ 책 잘못 읽었어요."

책을 읽으면서 '나도 그런 삶을 살아갈 수 있다, 그렇게 하리라.' 마음을 먹어도 항상 마지막까지 짚어보고 싶어 하는 나의 성격으로 그래도 알고 싶은 것이 있었다. '여성의 눈으로 농촌의 삶을 바라볼 때는 과연 어떨까?' 하는 것이다. 그러나 거의 대부분 남성의 시각에서만

바라본 것이라 실제 농촌 생활 안에서 겪는 여성의 일과 삶이 사실적
으로 와닿지는 않았다.

시골에 오기 3년 전부터 남편은 출근하기 전 나에게 책을 주고, 저
녁에 돌아와서는 토론하고 그리고 다시 며칠 후 다른 책을 안겨주었
다. 그렇게 의견을 좁혀 온 우리가 오게 된 땅은 전기도 전화도 없는
황량한 비탈밭이었다. 다만 산 위에 30년 동안 한 번도 끊기지 않은
샘이 있다고 하여 그것만 있으면 되겠거니 하여 땅을 구입하게 되었다.

2년에 걸쳐 지은 귀틀집은 안방 하나가 구들방이라 그나마 두 해 겨
울을 우리 가족은 잘 버틸 수 있었다. 처음엔 소형 자가 발전기를 저
녁 시간에만 잠시 이용하다가 2년 후부터 1kW가 채 안 되는 태양광
발전기를 쓰면서 생활이 상당히 편해지게 되었다.

세탁기 돌아가는 소음이 그렇게 반가울 수가 없었다. 세탁기만 쓸
수 있다면 아마도 너무나 행복한 여자가 될 것이라 생각한 적도 있었
다. 물론 전기를 많이 먹는 냉장고는 쓸 수 없었지만 냉장고는 그렇게
절실하지 않았다. 집 밖에 물 냉장고를 만들어 두어 그곳에 김치들을
보관하고 있었고, 음식은 오히려 제철에 맞는 음식을 조금씩 해 먹게
되었다.

태양광 발전기를 쓰면서 우리의 생활이 많이 편리해지긴 했지만 간
혹 휘발유를 두 시간 분량 넣어 쓰던 소형 발전기의 삶을 생각하곤 한
다. 발전기가 고장이 나면 강릉까지 가야 하므로 그냥 촛불을 켜고 지

낼 때가 있었는데 지금 생각하면 우린 그때가 우리 인생에서 가장 값지고 아름다운 삶을 살았다고 두고두고 말하게 될 것이라 여겨진다.

촛불을 켜고 있노라면 가족 구성원이 불 하나 쪽으로 모이게 된다. 그러면 대화를 하자고 얘기하지 않아도 자연스레 서로의 얘기를 하게 된다. 그때 아직 글을 모르던 막내는 우리 가족이 자기 주변에 다 모여 있을 때 가장 행복해했다.

여름밤이면 마당에 야전 침대를 하나씩 차지하고 각자 이불을 덮고 밤하늘을 보며 별 이야기를 한다. 마을의 가로등과는 좀 떨어져 있어서 청명한 날 밤에는 은하수까지 보인다. 겨울밤에는 일찍 잠자리에 누워 끝말잇기, 나라 이름 대기, 노래 부르기를 하다가 잠이 든다.

어쩌다 영화를 보고 싶은 날에는 읍내에 가서 비디오를 빌려온다. 온 가족이 봐야 하므로 영화 수준은 거의 큰 아들에게 맞춘다. 오늘은 영화 보는 날이라고 저녁 먹기 전 공표를 하면 숙제하기 싫어 뭉그적거리던 아들도 분주하게 자기 할 일을 하고, 나도 저녁 준비를 일찍이 서두른다. 왜냐하면 발전기를 두 시간 정도 틀 수 있으므로 밝을 때 미리 할 일을 하는 것이다.

일명 '방림재 영화관'에서 우리는 나란히 앉아 영화를 감상한다. 간혹 조금 긴장되는 영화를 보거나 재미있는 순간에 발전기 기름이 다 되어 정전되듯이 전원이 나가버리면 그 순간 각자가 내지르는 음성이 각양각색이다.

이럴 때 가장인 남편은 바깥에 다녀와야 하는 큰 역할과 임무를 수

행하게 된다. 더구나 비가 오거나 찬바람 부는 겨울엔 집 뒤 하우스까지 간다는 것은 참으로 귀찮은 일이 아닐 수 없다. 그러나 조금 남은 분량을 다시 보게 되는 그 기쁨은 이루 말할 수 없이 크다. 그렇게 마저 다 본 뒤 우리는 영화 본 것에 대해 얘기를 나누다 잠이 든다.

위 이야기는 한전 전기가 없으므로 인해서 겪은 많은 에피소드 중에 아주 작은 부분에 지나지 않는다. 지금은 전기가 없다는 것이 오히려 전화위복이 되었다고나 할까? 태양광 발전기 3kW를 군에서 지원받았고, 시간이 지남에 따라 한전 전기도 들어오게 되어 전기로 인한 불편은 없어졌다. 그렇지만 불편했던 그 시절, 세탁기도 못 돌리고, 겨우 조명만 쓰던 때가 시간이 지날수록 더 가슴 깊이 진하게 새겨지는 이유는 무엇일까 생각해 본다.

생활이 편리해질수록 우리는 인간의 본성과 거리가 멀어져 가는 삶을 살아간다는 것을 깨닫는다. 그런 측면에서 귀농하고자 하는 많은 이들이 쓰는 말, '귀농(歸農)'은 실은 '귀본(歸本)'이 더 맞을지도 모른다.

귀농을 망설이는 사람들이 가끔 내게 와서 질문들을 많이 한다. 시골에 와서 지내는 낭만만을 갖고 귀농하려고 하는 사람들에게는 나는 서슴없이 말한다.

"책 잘못 읽지 마세요."

귀농을 귀본의 측면으로 다가가려다가 너무 고심하여 마음이 무거운 사람들에게는 "혹 귀농하게 된다면 기존에 살아온 것과는 다른 새롭고 풍부한 세계를 접하게 될 것입니다."라고 덧붙인다.

다음은 2006년 12월 12일에 기록해 둔 산골일지 중 '쥐 일가족 학살 사건'이다.

2004년의 일이다.

잠귀가 밝은 나는 언제부턴가 동트기 전에 방 천장에서 보스락보스락거리는 소리를 들었다. 순간 쥐의 침입이라고 여겼으나, 우리 신랑은 쥐가 들어올 데가 없다면서 바람에 부스럭거리는 문풍지 소리라고 나의 의견을 일시에 묵살했다. 나도 그럴 것이 '그래, 들어올 곳이 없지.' 생각했다.

2002년에 입주해서 두 해 겨울 동안 그런 일이 없었기 때문에—나중에 생각한 것이지만 이때는 안방 외에는 난방이 안 되어 바깥 기온과 동일했었다— 나 또한 당연하게 받아들였으나, 연일 계속되는 그 소리가 하루는 동이 튼 다음 아침 시간이 시작되는 무렵에 들렸다. 해서 신랑더러 후레쉬를 들고 올라가 보라고 성화를 부렸다. 몇 분 후 신랑이 "어, 진짜 쥐가 들어왔네. 어떻게 들어왔지. 에이 참." 하는 것이다. 두 마리의 쥐가 따뜻한 안방의 온기를 천장에서 만끽하며 신혼의 단꿈에 젖어있었을 것이다. 이건 물론 나중에 든 생각이다.

나는 그날부터 '찍찍이', 쥐를 잡는 순간 접착제를 열심히 사 나르기 시작했다. 일단 비상용으로 비치되어 있는 찍찍이 하나를 천장에 올려놓으니 10여 분 뒤에 이제는 바스락 소리가 아니라 '턱터덕 퍽파박' 하는 소리가 들리기 시작했다. '잡혔구나' 하는 안도의 마음으로 신랑을 불렀다.

도시에서 일어나지 않는, 시골에서만 벌어지는 많은 상황에 나는 늘 신랑을 최일선으로 내몰았다. 시골에 가자고 선봉에 선 그 책임자에게 다 떠넘기는 것이 되겠고, 신랑도 그걸 묵묵히 받아들이는 것이 암암리에 성립된 우리 부부의 질서이다.

두 마리의 쥐 중에 한 마리가 잡혔다. 다른 한 마리는 아마도 어디론가 나가버린 것 같았다. 그 후 안방 집 둘레를 여기저기 살펴보았는데 집 뒤 욕실의 서까래 나무 옆에 미처 흙을 못 채워 넣어 너비 2cm, 길이 5cm 정도의 틈이 있었다.

당시 겨울이고 해서 진흙을 만들기도 뭣하고, 신랑은 적당한 돌을 하나 그 사이에 끼워 넣었다. 그리곤 이제 모든 것이 끝났을 거다 생각하고는 예비적으로 '찍찍이'를 갖다 놓았었다.

잊고 지내다가 한참 후에 한번 들여다보니 어른 새끼 손가락만한 생쥐 두세 마리가 잡혀 있었다. '어어, 그럼 새끼를 낳았나.'하는 생각이 조금 들었지만 크게 미안한 마음을 두지 않았다. 왜냐하면 욕실 천장과 바로 연결되는 통로 옆에 식품창고가 있는데 거기에는 작고 실하지는 않지만 한 해 농사한 것이 들어앉아 있었기 때문이다. 그리고 아직 도시 삶을 다 버리지 못한 주부로서 집 안에 쥐가 든다는 것은 인정할 수 없는 것이었다.

계속해서 새로운 쥐덫을 갖다 둔 얼마 뒤 앞서 쥐가 잡힐 때처럼 큰 소리가 났다. 아마 큰 놈인가 보다 생각하면서 신랑이 가 보았는데 생쥐 두 마리가 찍찍이에 붙어 죽어있었다. 아마 어미인지 그 새끼를 보려다가 함께 쥐덫에 붙은 것 같았는데 어떻게 필사적으로 달아났는지, 소리를 듣고 갔을 때는 이미 죽은 새끼들만 있었다.

'도대체 어디로 또 들어왔을까' 하면서 돌로 임시로 막아둔 집 뒤쪽으로 가 보니 끼워져 있던 돌이 빠져 있었다. 일단 한번 추리를 해 보았다. 쥐 부부가 바람, 비, 겨울의 한파를 피해 따뜻한 보금자리를 물색하였을 수 있고, 덧붙여 임신한 부인을 위해 산후조리 장소를 찾았을 수도 있겠지.

아무튼 새끼를 낳았겠고, 아마 아비가 먼저 죽었을 것 같은 생각이 든다. 일가족을 지켜야 된다는 수컷의 긴장과 흥분으로 쉽게 덫에 걸렸을 것 같다. 그리고 새끼들 생각에 흙벽을 기어올라가 수직으로 매달려 통로의 돌부리를 빼내고 굶고 있을 새끼에게 다시 전신으로 다가서는 어미의 모성. 그래서 나는 일단 도망갔다가 나중에 찾아온 것이 어미라고 규정지어 봤다.

신랑도 마음이 씁쓸했고, 나도 그 마지막에 보여준 어미의 모습에서 많은 착잡함을 느꼈다. 쥐를 죽이는 것을 파리, 모기들 잡는 것처럼 당연하게 여겼고, 차츰 거기에 일로매진하여 진행했었는데 세월이 지났지만 언제나 쥐 일가족 학살사건은 두고두고 내 마음을 무겁게 했고 마음 한편에는 죄를 지었다는 생각을 떨칠 수가 없었다.

그런데 자식 중에도 꼭 가장 우성 인자가 있듯이 그 뒤 단 한 마리의 생쥐가 살아남아 꽤 우리를 괴롭혔다. 천장에서 내려와 식품창고로 해서 창고 출입문으로 나와 싱크대 뒤쪽으로 터전을 옮겼는지 콩알을 떨어뜨리면서 자신의 흔적을 남기는 여유까지 보였다.

이 녀석은 찍찍이에도 안 붙었다. 곡식 앞에 찍찍이를 두면 그 뒤쪽으로 가서 자루를 뚫었다. 할 수 없이 우리는 전 곡식을 항아리에 옮겼다. 지금도 미스터리 하나가 있다. 아는 분이 요구르트 한 줄 준 것을 비닐봉지째로 함지박 안에 넣어 두었는데 읍내에 갔다 왔더니 그게 비닐봉지째로 없어진 것이다. 요구르트가 조금 흘러서 비닐에 약간 묻어 냄새가 나기는 했었다. 그래도 그걸 어떻게 물고 끌고 갔는지.

그러고도 그 녀석의 투쟁은 계속되었다. 떡이 한 40알 정도 남은 떡국을 그날은 하필 소쿠리를 덮지 않고 단지 위에 올려 두었는데 아침에 일어나 보니 하나도 없었다. 기가 막혔다. 냉장고 뒤쪽을 살펴보니 '내가 가져갔지롱' 하는 식으로 떡국 한 알을 떨어뜨려 놓았다.

완전히 우리에게 철저히 복수를 하는 것 같았다. 이제 우리도 미안함이나 죄책감을 넘어 분노와 공포를 느꼈다. 우리의 고민을 마을 아주머님께 말씀드렸더니 약국에 가면 쥐만 먹고 죽는 쌀약이 있다고 했다. 그래서 그걸 최후통첩으로 뿌려두었다. 그 쌀약은 먹고 나면 쥐가 밝은 데 가서 죽는다고 했다. 인간은 참으로 끝없이 뭔가를 잘도 만들어 낸다 싶었다.

다음 날 보니 이 먹성 좋은 쥐는 그것도 다 먹어 치웠다.

그해 겨울을 우리는 그 쥐 일가족과의 사투로 나날을 보냈다. 하지만 그 어미의 애절한 마음이 더러 생각에 미치면 결코 가벼운 마음일 수가 없었다. 그때 일을 꼭 글로 써서 남기고 싶었다. 그래서 두고두고 사죄하고 싶었다.

08 2009년 '전원생활' 잡지 4월호
- '자연을 닮은 집' 코너에 소개된 사진

 전원생활 잡지랑 인연이 많은 것 같다. 우연히 한 작가분이 블로그를 보고 연락하게 되어 우리 집이 잡지에 실리는 영광을 누렸다.
 전문 사진 작가분이 집을 예쁘게 찍어서 잡지에 실어 주셨다. 그리고 CD에 그날 찍었던 사진들과 잡지를 넣어 친절하게 보내 주셨다.
 여러 장의 사진 중 잡지에 실은 것들이다.

〈다락〉

〈거실〉

〈안방〉

〈상량문〉

봄 이야기

〈용〉

〈사랑채〉

봄 이야기

〈사랑채 방 안〉

〈마을을 등지고 가족사진〉

(사진 출처: 전원생활 잡지, 박찬우 사진작가)

봄 이야기

09 수련이란

백팔배를 한 지 1년이 지나고, 4개월째 접어들고 있다.

이번 겨울이 유독 춥기도 했지만, 겨울에 실외에서 운동을 하거나, 산책을 하는 것은 자칫 바람을 맞기 쉽기 때문에 백팔배에만 의존하였는데 뭔가 부족한 듯하여 2월달부터는 윗몸 일으키기도 시작했다. 첨에는 10번도 겨우 하던 것을 하루에 1회씩을 늘려 50번을 하게 된 후로는 쭉 50번을 하고 있다.

윗몸 일으키기를 시작하고 일주일 지나서부터 내장이 하나도 없는 듯한 느낌이 들 정도로 변이 나오더니 팔에 좁쌀만 한 것이 나서 계속 간지럽기를 여러 번. 한 한 달 정도 잊어버릴 만하면 또다시 생겨나서 간지럽고, 그러던 것이 팔을 시작으로 해서 온몸으로 피부병처럼 번지기 시작했다.

팔뚝을 만져보면 열이 나는 걸 느낄 수 있었다. 다행히 얼굴과 손, 발은 괜찮았다. 긁지 않고 두면 괜찮다가 한 번이라도 긁으면 다시 간지럽기 시작했다. 그렇지만 시원한 느낌이 들었다.

아침에 일어나서, 국선도 체조로 하루를 시작하고, 3월부터는 딸아이를 통학버스 오는 데까지 걸어가 바래다 주고, 남편과 난 산책을 1시간 30분 정도 한다. 밤에는 하루를 마무리하면서 백팔배를 하고, 곧바로 윗몸 일으키기 50회를 한다.

주변 사람들에게 말한다. "난 오래 못 살면 사람들한테 욕 바가지로 얻어먹을 거야."

20대에 갑상선암 수술을 두 번씩이나 하면서 나는 건강에 대한 강한 집착이 생겼다. 건강을 한번 잃어 본 사람은 그 어떤 것보다도 우선이 건강이라는 것을 안다. 겪어본 사람만이 알 것이다.

간지럽게 하는 것이 두 달이 다 되어 가면서 차차 잦아지고 있다. 난 내가 내 몸의 독을 스스로 분출해 내고 있다는 것을 느낄 수 있다. 겨울 동안에 찐 살이 빠지고, 얼굴은 더 윤기 있어 가는 것에서도 신뢰를 얻을 수 있다. 예전 같으면 몸에 한 개라도 이상 증상이 나타나면 곧바로 병원부터 달려갔을 텐데 나도 참 많이 변했다는 걸 깨닫고 있다.

사람들은 생각한다. 수련을 하는 사람들이 소위 수련을 한다고 하면 없던 것도 만들어 내고, 어떠한 환경에도 굴하지 않고 강한 기운으로 밀어붙이고, 씩씩하고, 더 나아가 기운이 셀 것이라고 생각한다.

하지만 난 아니라고 여긴다. 수련하는 자가 남들 보기에 억세어 보이면 그건 하수라고 단언할 수 있다. 수련을 하면 할수록 눈이 안으로 향해진다. 기가 세기만 하고 운용할 줄 모르는 사람은 눈이 자꾸 밖으로만 향해서 튼실하고 강인한 인상으로 보통 사람들 눈에 잘 뜨일 수 있다. 속세에서는 그런 자들을 지도자로 추앙하기도 한다.

수련을 하여 자기 자신이 잘 보이기 시작하면 한 걸음 한 걸음이 함부로 나아갈 수가 없다.

노자에 이르면, '若冬涉川(약동섭천)'이란 말이 있다.

이 말은 무위당 장일순 선생님의 《노자이야기》에 나오는데 해석상으로나 발음상으로나 약섭동천이 좋을 듯한데 원문은 약동섭천으로 되어 있다. 이 말의 뜻을 좀 더 구체적으로 번역해 보았다.

'무릇 성인은 몸을 움직이기 전에 얼어있는 겨울 강을 건너듯 주저주저 머뭇머뭇 걸어야 한다.'

수련을 하면 온몸이 잦아지고, 섬세해져 가랑잎 하나 떨어져도, 꽃잎 하나 찢어져도 마음이 움직여질 수 있다. 30cm 자를 두고 보면 내가 한눈에 알아보고 읽을 수 있는 눈금이 있을 것이다. 그리고 좀 더 가까이 가면 그 사이의 또 다른 작은 눈금이 보일 것이다.

수련은 사이와 사이를 느끼는 것이다. 또 그 사이와 사이를, 끝도 없는 무한의 그 사이를 느껴갈 때 우리는 비로소, 어느덧 수련자라고 일컬어질 것이다.

그러니, 수련을 진행 중인 과정에 있을 때는 무수히 많은 사람들이 예민하고 날카로워질 수 있다는 것을 이제는 이해할 수 있다. 그것이 일상 생활 속에서 이루어지면 더욱 다치고 상처 입기 쉽다. 해서 많은 수련자들이 토굴을 찾아 산중 수련을 떠나겠지.

난 수련자가 되고 싶은 욕심이 없다. 그리고 수련을 해야겠다는 욕구도 없다. 다만 내가 이 생에서 잘 살아가기 위해 노력할 뿐인데 그쪽 세계가 공감이 가는 면이 많아지고 있다. 내가 내 자신이 잘 보일 때 남에게도 함부로 하지 않는다는 점에서 난 많은 사람들이 수행의 길을 함께하는 것도 참으로 바람직하다고 여긴다.

그런데 견뎌내야 되는 점도 생긴다. 내 자신이 좀 더 잘 보이기 시작하면서 내 목소리가 듣기 싫어졌다. 난 목소리를 그 사람을 판단하는 근거로 삼는다. 전화 목소리로, 보지 않고도 그 사람의 품격과 성품 등이 느껴진다. 다른 사람의 목소리는 잘 들으면서 정작 내 목소리는 이제서야 들리다니…….

목소리는 그 사람의 울림이다. 울림은 그 사람의 내면에서 공명을 일으켜 나온다. 그 내면이 그윽하면 그윽할수록 그윽한 울림이 나오고, 부족하면 부족한 울림이 나온다. 부족한 울림. 내 목소리는 아직도 많이 부족하다. 말을 내뱉고 나면 '아, 이게 아닌데. 아, 이게 아닌데.' 요즘 계속 그러고 있다.

요즘처럼 아직까지도 부족한 봄이 언젠가 완연한 봄이 되어 오면, 나 또한 완연히 그윽한 목소리가 되기를 희망하면서 따스한 봄을 기다린다.

10 모란이 피기까지는

모란이 피기까지는

김영랑

모란이 피기까지는
나는 아직 나의 봄을 기다리고 있을 테요
모란이 뚝뚝 떨어져 버린 날

나는 비로소 봄을 여읜 설움에 잠길 테요

오월 어느 날 그 하루 무덥던 날

떨어져 누운 꽃잎마저 시들어 버리고는

천지에 모란은 자취도 없어지고

뻗쳐 오르던 내 보람 서운케 무너졌느니

모란이 지고 말면 그뿐, 내 한 해는 다 가고 말아

삼백예순 날 하냥 섭섭해 우옵내다

모란이 피기까지는

나는 아직 기다리고 있을 테요, 찬란한 슬픔의 봄을

학교 다닐 때 배운 이 시는 불혹의 나이를 훨씬 넘은 이제서야 그 느낌이 가슴 깊이 파고 든다. 그러니깐 이 시를 지은 작가도 불혹을 넘어야 나올 수 있는 시구라고 여겼는데 작가는 불혹이 되기도 전에 이런 글을 지었다.

이런 시를 고등학생이 어떻게 이해할 수 있을까? 무리다. 그래도 한때 배워둔 것이 인연이 되어 이렇게 다시 찾을 수 있는 것에 만족한다.

한때 모란과 목단이 같다, 같지 않다를 두고 목단이 핀 꽃 앞에서 실랑이가 붙은 적이 있었다. 우리 집을 방문한 일본인 남자, 한국인 여자였다. 모란과 목단은 같다.

모란은 봄이 절정에 달하고, 이제는 되돌릴 수 없는 여름의 길로 접어들 때 그 어떤 봄꽃보다도 마음씨 넓은 시골 아낙처럼 큼지막하게 활짝 피어난다. 모란은 스케일이 큰 꽃이다. 약간 이국적인 면 때문에 이질감이 들기도 한다. 하지만 봄꽃이 거의 막바지로 시들어 갈쯤 시원한 웃음으로 우리에게 다가온다.

나는 올봄 나만의 봄을 기다리고 있었다. 아니, 누구나 불혹을 넘어서 인생의 가을로 접어드는 즈음, 아직도 아쉬운 그 무언가를 향해 몸짓과 손짓으로 갈구하며, 누군가 혹은 무언가를 기다린다.

모란의 취기에 취해서 꺼져가는 봄을 부여잡고 있는데 그 모란마저 져버리고, 나의 곁을 떠난다면…… 모란꽃과 함께 나의 봄도 이제는 흔적 없이 사라져 버린다면……

그러나 나는 아직 기다릴 테요.

나만의 봄을…….

11 '개 풀 뜯어 먹는 소리 하지 마라'의 진실은?

우리 속담에 '개가 풀 뜯어 먹는 소리 하지 마라'라는 말이 있다. 누군가 얼토당토않은 말을 하거나, 상식 밖의 말을 할 때 이런 속담을 쓴다. 즉, 개는 고기나 뼈다귀를 먹으니, 풀 뜯어 먹는다는 말도 안 되는 소리를 하지 말라는 의미이다.

그러나 그 속담은 잘못되었음이 21세기 방림재 졸리에 의해 밝혀졌다.

풀도 뜯어 먹고, 방귀도 뀌고, 코도 골면서 잔다.

마침 카메라를 갖고 마당을 산책하는데 졸리가 내 앞에서 풀을 뜯어 먹는 것을 포착했다. 확실한 증거를 남겼다. 정말 풀을 이렇게 맛있게 먹는 개가 또 있을까?

우리 집 졸리는 유독 이 풀만 먹는다. 누가 보면 먹이를 주지 않아서 배가 고파 풀을 먹는다고 오인할 수도 있지만, 졸리는 해독 작용을 위해 이 풀을 먹는 듯하다.

12 우물가에 벌이 물 마시러 왔어요

올해는 벌들이 꽤 보인다.

봄볕 아래 말벌들이 우물가나 옥잠화 담긴 토기나, 물이 담긴 모든 그릇에 찾아든다. 자세히 보면 곤충들도 다 물을 마신다. 몸집이 작으니 풀잎에 묻은 이슬이나 조금 먹다 말겠지 싶었는데 몸집에 비해 물을 너무 자주 마신다.

졸졸 흐르는 우물가 옆에서 볕을 쬐며 물 마시는 벌들을 바라본다.

때론 물 마시다 죽은 말벌 시체들이 각각의 물 그릇에 둥둥 떠 있기도 한다. 날아오고, 물 마시고, 다시 날아가고, 그러다 너무 욕심 내어 물속에 빠져 죽고, 그 중에는 용케 살아서 기어 나오는 벌들도 있다.

티끌 없이 맑고 아름다운 계절 속에서도 하루하루 사투를 벌이는 삶을 이어가고 있다.

13 봄 산책

봄 산책

지난 겨울, 폭설로 쓰러진 소나무
잔솔잎 위로 바스~락 바스~락 걷는
마음의 여정

돌 틈 사이 봄볕 조명에 빛나는 제비꽃
버들강아지의 솜털 부드러움이 솟아오르고
땅 위 푸른 새싹 사이로
성미 급한 나비들이 춤추며 노닌다.

냉이 캐는 내 손도 조근조근 춤추며
흙 묻은 뿌리
코끝에 닿으니
겨우내 시름이 밀려나
봄 내음 가득해진다.

14 내가 예뻐야 세상이 예뻐진다

백팔배를 하고 산책을 하고, 명상을 하고, 풀 뽑기를 하고…… 시골 살면서 꽤 오랜 시간 꾸준히 해 온 일들이다. 그렇다고 사람이 하루 아침에 무슨 도인이 되고, 선녀가 되는 것은 아니다.

그러나 뭐든 같은 일을 계속 반복적으로 할 수 있는 것이 중요한 것 같다. 그러다 보면, 어느 날 그 시간에 한 가지 얻어지는 것이 있고, 또 한 걸음 나아가고, 다시 어느 순간 또 한 가지 깨달아 가는 것이 있고, 다시 또 한 걸음 간다. 물론 퇴보할 때도 있기 때문에 절대적으로 멀리 나아가는 것은 아니다.

최근에 한 가지 얻은 것은, '내가 예뻐야 세상이 예뻐진다.'이다.

결혼하고, 나는 나 이외의 다른 사람을 위해 생각하고, 기도하고, 또 행동하며 그들을 위해 많은 시간을 보냈다. 특히 가까이는 남편, 자식, 부모님, 형제들 그리고 주변 벗들, 이웃들.

2013년 봄, 첫 번째 대하는 사람이 나 자신이 되었다.

'예뻐지고 싶다. ego가 생기기 전의 나의 모습으로, 트라우마가 생

기기 전 맑고 고운 유년시절의 나의 모습으로.'

참으로 신기하게도 이렇게 나에 대해 생각하는 순간, 얼마나 고쳐야 될 것이 많은지 모르겠다. 고친다고 하면 요즘 젊은 사람들은 성형수술이나, 라식 수술, 보톡스 시술 등으로 오인하겠지만, 시간이 오래 걸려서 그렇지, 오직 나만이 고칠 수 있는 것들이다.

1) 걸음걸이

아마도 무거운 가방을 들고 다니기 시작한 중학생 때부터 왼쪽 발로 가방을 차면서 걸었던 습관이 남아서 왼쪽 발을 일자로 내려놓지 못하는 습관. 고친다고 몇 년 전부터 그러고 있지만, 어느 순간 힘이 빠지면 습관이 된 쪽으로 흐트러진다.

가급적 경쾌하고 탄력 있게 걸으려고 애쓰고 있다. 상단전, 중단전, 하단전을 하나로 이어, 안쪽 바지선을 따라 내려가 엄지발가락에 힘을 주어 걸으려고 노력한다. 뭐든 처음에는 쉽지 않지만, 꾸준히 하다 보면 된다.

2) 자세

등이 굽은 것도 역시 중학생 때 오랜 시간 책상에 앉고부터이다. 하단전에 기운이 없으니까 쉽게 굽긴 하겠지만, 그 굽은 등을 펴기 시작한 것이 6년째인데 아직 완전히 펴지 못했다.

아마도 굽게 된 시간만큼 펴는 데도 시간을 들이면 원래의 나의 모습으로 돌아가겠지.

3) 미소

중년의 나이가 되니 의식적으로 미소를 짓지 않으면 근육이 자꾸 편한 쪽으로 처지게 된다. 늘 미소를 지으려고 노력한다.

4) 배려심

2년 전 마을 부녀회장을 맡았다. 자격은 없지만, 주변 분들 도움으로 회장직을 이끌어 가고 있는데 마을 회의 때나 어르신들 대할 때 영어나 잘 쓰지 않는 한자 말을 되도록 안 쓰려고 노력한다. 평소에 영어를 얼마나 많이 섞어서 쓰는지, 조심해야겠다고 생각하고 보니 무심코 쓰는 단어들이 일상에 얼마나 많은지 깨닫는다.

또한 내가 말하는 것보다 남의 말을 기꺼이 많이 들어주려고 노력한다.

이 외에도 크고 작은 것들이 조금씩 있다.

눈을 밖으로 향하지 말고 나 자신에게 돌려 본다.

모든 '나'가 한 사람 한 사람 예뻐지면 아마 이 세상도 예뻐질 것이다.

15 가장(家長)과 고양이 걸개그림

(아버지는 외출 중⋯⋯)

"엄마, 아버지 어디 가셨어요?"

"응, 서울 가셨어."

"언제 오세요?"

"내일."

"그래요!"

과연 "그래요!" 하는 그 대답에는 무엇이 숨어 있을까?

한 번도 물어보진 않았지만, 아마 나와 같은 느낌이 아닐까 늘 생각했다.

"시골에 10여 년 살면서 제일 좋은 것이 무엇입니까?" 하고 누군가 질문을 하면, 나는 이렇게 대답할 것이다.

"가장 좋은 것은 부모가, 특히 아버지가 거의 함께 있을 수 있다는 것, 아이들 유년시절 추억 속에 아버지가 늘 등장해 있다는 사실입니다."

아이가 집에 있을 때 부모가 늘 함께 있다는 것이 아이들 입장에서는 좋은 것인지, 나쁜 것인지 정확히는 모르겠지만, 내 개인적 입장에서 부모님을 떠올리면 늘 일만 하시고, 주변 사람들 문제 해결해 주러 다니느라 바쁘시고, 정작 우리와 함께 지낸 추억을 떠올리려고 해도 몇 가지 안 된다.

나는 귀농해서 아이들이 자랄 때 늘 함께 있어준 것을 가장 좋은 선물로 손꼽는다.

그러나 그렇게 늘 함께 있으니, 간혹 가정에서 일인자의 위치에 있는 가장의 부재가 다른 가족 구성원들에게는 일상 탈출의 묘한 희열이 된다. 이 또한 애들에게 물어보진 않았지만, 서로가 내색하지 않는 기운이 감도는 걸 느낄 수 있다.

첫째, 그 집의 1인자가 누군지 알려면 TV 리모컨을 누가 쥐고 있느냐로 결정하면 거의 맞아떨어진다. 우리 집은 아버지의 고정 채널인 '뉴스'와 '인간극장', '순간포착 세상에 이런 일이', 또는 '오지에서 살아남는다' 류의 다큐멘터리에서 벗어나는 일이 별로 없어서, 리모컨이 언제 돌아올지를 기다리는 것을 빨리 포기하는 것이 좋다. 그래야 옆에 있다가 인간극장 보고 눈물 흘리는 40대 중반의 아버지에게 휴지를 갖다 드리는 수고까지는 하지 않을 수 있다.

아버지의 부재로 인해 리모컨은 잠시 실랑이가 있으나, 자연 장남에게로 승계된다.

아이들은 그동안 알게 모르게 조였던 가슴을 풀어내며, 자유로운 내 세상처럼 웃고 떠들곤 한다. 그러나 시간이 지날수록 밥상머리에서부터 자세가 서서히 흐트러지고, 장난을 하거나, 어미의 말도 이제 장난으로 받아들이는 순간 나는 가장의 부재를 실감한다.

한 집안의 가장은 벽면에 걸린 고양이 걸개그림과 같다는 생각을 해 봤다. 쥐들이 살고 있는 곳에 고양이 그림을 걸어둔 곳과 그렇지 않은 곳을 나눠 집단 실험을 하면 재밌는 현상을 발견할 것 같았다.

고양이 그림이 걸린 곳의 쥐들은 고양이가 비록 아무런 액션을 취하지 않아도, 늘 의식하면서 생활을 한다. 그래서 각자의 맡은 일을 성실히 수행해 간다. 일상에서 약간의 스트레스나 저항이 있어야 힘이 생기듯 말이다.

반면, 고양이 그림이 없는 집단에서는 화평하고, 웃음꽃이 만발하겠지만, 시간이 지날수록 위계질서가 없고, 서로 나태해지고, 흐트러져서 나약해질 것이다.

동물의 세계에서도 수사자는 시원한 나무 그늘에 앉아만 있는 것 같지만, 실상은 보이지 않는 일을 하고 있다. 무리로부터 적을 견제할 뿐만 아니라, 무리 사이의 위계질서를 공공연하게 부각시키고, 감시한다. 또한 상대적으로 약한 동물들도 그 주변에 머물면서 적당한 긴장을 유지하고, 영역 밖의 천적으로부터 자연스럽게 보호를 받게 된다.

일상에서는 잘 못 느끼지만, 눈에 보이지 않는 역할이 더 크게 작용할 수 있다는 생각을 해 본다.

16 흰민들레와 벌

흰민들레에 벌이 찾아드는 그런 계절이 왔다.

올해는 그동안 잘 보이지 않
던 벌들도 자주 보이고, 번식
력이 약하지만 약성이 높은 흰
민들레도 자주 눈에 뜨인다.

17 자신을 규정짓는 색깔은?

꽃과 나뭇잎들은 각각 저마다의 색깔을 갖고 있다.

그 색깔은 그 속에 들어있는 다양한 색소에 의해 결정된다.

초록 잎은 '엽록소', 붉은색과 푸른색은 '안토시아닌', 노란색, 주황
색은 '카로티노이드'로 크게 3가지 계통으로 규정되어 있는데 그러한
색깔을 내는 것은 그 색소가 그러한 색깔을 갖고 있기 때문이 아니다.

태양빛의 여러 파장 중 우리가 눈으로 볼 수 있는 부분을 가시광선
이라 한다. 가시광선은 빨, 주, 노, 초, 파, 남, 보의 7가지 색의 영역
을 띠는데 가령, 개나리가 노란색을 띠는 것은 개나리가 갖고 있는 색
소는 다른 색의 파장은 모두 흡수하지만, 노란색 부분만 흡수하지 못
하고 반사하기 때문에 우리 눈에 노랗게 보이는 것이다.

나무의 초록 잎들도 마찬가지다. 엽록소라는 색소가 다른 파장의 색
깔은 모두 흡수하나, 초록색만 반사하기 때문에 그렇게 보인다.

그 외 흰색의 꽃들은 색소가 부족해서 생긴다. 색소가 부족한 꽃의
세포 틈 사이를 공기가 채우고, 이 공기는 빛을 모두 반사하여 꽃을
희게 보이게 한다.

이렇듯, 자신을 규정짓는 색이 결국 자신이 받아들이지 못하고, 내
뱉는 것이라니! 산복숭아꽃! 저리도 아름다운 꽃을 보며 우리가 감탄
하는데 정작 산복숭아꽃을 규정짓는 색은 자신이 흡수하지 못하고, 밀
어내는 색이다.

그리고 보면, 사람들도 아토피, 천식, 당뇨 등의 질병과 특이한 성품

들이 삶에서 자신을 상당히 지배를 한다. 자세히 들여다보면 그 모든 것들이 자신이 받아들이지 못하는 부분이 있어 오랜 시간 속에 생겨난 질병과 성품들일 것이다. 결국 '누구누구는 어떠해.'라고 우리가 규정짓는 것은 그 사람의 결정적인 부분을 들어서 말하는 경우가 많다.

나를 규정짓는 나만의 색이 나의 가장 좋은 점보다는 내가 받아들이지 못하는 것이 도드라지게 드러나서 다른 이들의 가시광선에 보이게 될 가능성이 상당히 많다. 그렇다면 그것이 자연의 그 어떤 색처럼 과연 감탄할 만큼 예쁘게 보일 것인가?

"예"라고 선뜻 말할 자신이 없다. 어딘가 모르게 추해 보일지 모른다는 두려움…….

어디에도 치우치지 않고, 어느 잣대에도 휘둘리지 않는 색깔 없는 무색, 물이 흘러 지나가듯 인간은 그러했을 때 가장 아름답게 보이지 않을까?

18 비 갠 아침

비 갠 아침 차를 우리며

하늘은 온통 흰 바다
그 아래 선명한 초록산야
고요한 정적 속 들리는 건 새소리뿐

우리고 또 우려 마알갛게
벗겨낸 그 맛

가만히 눈 감는다......
우리도 살다 보면 맑은 맛이 우러나오겠지......

19 Empty Station

Empty Station

Nobody comes.

Nothing stops.

I am only an Empty Station.

Just I stay alone with emptying mind.

Someday

Somebody will come.

Something will visit such as wind and seeds.

I'm waiting, waiting

with a smile.

20 빛알의 움직임을 좇아

빛알의 움직임을 쫓아

산책길에 만난 빛알들
수백 개의 보석으로 무리 지어
레테(Lethe)의 강에서 물결 짓는다.

수백 개의 빛알 속에는
내가 그리워하는 이도 미소 머금고 있다.

내가 그 빛을 쫓아 다가가면
못내 외면하며
어쩔 줄 몰라 본래의 모습으로 움츠린다.

내가 아쉬워하며 지나치면
나를 위해 몸을 숨겨 눈부시지 않게 사라진다.

눈에 보이지 않지만,
조금만 아주 조금만 떨어져 있다면
언제나 함께하고 있다.

지워져도 지워지지 않는
사라져도 사라지지 않는 이여... 그립습니다.

21 술 익는 소리

모과와 산복숭아로 전통주를 만들었다.

열흘 정도 항아리를 이불로 감싸고 따뜻하게 해 주었다.

술 끓는 소리가 참 신기하고, 재밌다.

술 익는 소리

술이 끓으면,
내 안에도 보글보글 일어난다.

그 술 익어갈 즈음
나 또한 익어가겠지.

그 술 내 몸 구석구석 퍼질 즈음
내 안의 향기도 가득 피어나겠지

22 백팔배 6년 차

백팔배 6년 차를 보내고 있다. 이제는 밥 먹고, 세수하는 것처럼 나와 한몸이 되어 버렸다. 하루 일과를 보내고, 모두가 잠든 뒤 희미한 조명 아래, 나 자신을 온전히 내려 놓고 돌아보는 시간이다.

간혹 너무 피곤해서 다음 날 아침으로 미루고 그냥 잠자리에 들면 이제는 잠이 쉽게 들지 않는다. 결국 다시 일어나서, 조용한 심연의 시간으로 들어간다. 그렇게 하루의 찌꺼기를 빼고, 아래로 아래로 자신을 내려놓고, 반성하고 나서야 다시 잠을 청할 수 있게 되었다.

나이가 들수록 우린 거울을 자주 안 보게 된다. 은연 중에 나이 드는 것을 인정하고 싶지 않기도 하고, 곱고 젊었을 적 나의 모습을 상상하면서 신체적 면에서 과거의 내가 진짜 나인 것처럼 살고 싶기도 하다.

그러나 백팔배를 하고 나서 만큼은 거울을 보고 싶다.

하루 중 내가 가장 예뻐 보이는 때이다.

인간은 누구나 성형을 하지 않고도 모두가 예뻐질 수 있는 가능성이 있다는 것을 깨닫는다. 다시 일상으로 돌아가서 얼굴이 일그러질 수도 있지만, 또다시 나는 노력한다. 일상에서도 예뻐질 수 있도록…….

23 계곡에서 차를 마시며

  5월 어느 햇살 좋은 날에, 차를 즐기는 차도인과 차 한잔의 여유를
만끽했다.

너무나 아름답다. 이 모든 것이.

차를 마시기 전 산천에 신고한다. 차고수레.

하동 녹차. 올해 햇세작. 새소리, 바람, 봄 햇살, 좋은 이와 좋은 말씀. 그 속에 피어오르는 녹차 향.

　미소가 아름답다는 것은 이런 미소를 두고 하는 이야기가 아닐까 싶다. 이런 미소가 나오기까지 얼마나 많은 번뇌와 인내, 아픔을 지나와야만 했을까 감히 가늠해 본다.

27년 되었다는 보이차. 이날 '우리가 호사를 누리는구나.' 생각했다.

귀농하면서 정말 이런 시간을 많이 갖고자 시골 살이를 시작했는데 막상 시간이 지날수록 이렇게 보내는 시간은 점차 줄게 되었다. 시골에 살아도 그것이 일상이 되면 도시에 있는 삶이랑 별반 차이가 없다.

다만 가까이 자연을 벗하니, 조금은 더 쉽게 자연 속에 찾아갈 기회가 많겠지. 간간이 그런 여유를 자주 만끽하면서, 내공을 더 키워야겠다.

우리가 순간 아주 행복할 때, 그리고 시간이 지나도 행복하게 떠오르는 장면들은 모두 시간이 멈춰있는 느낌이다. 무아지경이라는 말은 지금 이 순간에 머물러 있는, 그 순간에 깊이 빠져들었다는 말이다.

무아지경의 아주 행복한 한낮이었다.

24 졸리를 떠나보내며……

2015년 4월 7일 오전 8시 30분경, 키우던 개 졸리가 16세의 나이로 세상을 떠났다.

올봄이 되면서 급격히 안 좋아지는 졸리를 보며 마음을 먹고는 있었지만, 막상 당하고 보니 착잡하다. 뒷동산 양지바른 곳에 졸리를 묻고 소주를 뿌리고 향 하나 피워주었다.

오랜 세월 동안 우리 아이들뿐만 아니라 방림재를 찾은 많은 사람들, 특히 아이 손님들로부터 너무나 많은 사랑을 받아 개로서는 참 행복한 시간을 보냈다고 생각한다. 먹는 것을 조절하지 못해 혼이 난 적도 많았지만, 영특하고 유순하여 대체로 모든 이들에게 귀여움을 받았다.

개로서는 천수를 누렸다고 다들 이야기한다. 그래도 우리 아이들과 함께한 추억들이 많아 마음이 쓸쓸하다. 아직 애들에게 알리지 못했다. 곧 해야지…….

올 3월 말 즈음 졸리는 양지바른 곳을 찾아가 자주 누워 있곤 했다. 간혹 집을 나가면, 집을 찾아오지 못해 우리가 찾아올 때도 있었다. 한 이틀은 잘 못 먹어서 어제는 흰죽을 끓여 먹였더니 맛나게 잘 먹었다. 그것이 졸리의 마지막 식사였다.

'졸리야, 견공이지만, 우리의 시골 삶에 너도 함께해서 참 좋았다. 부디 좋은 곳에 가거라. 다음 생에는 보다 복된 삶으로 태어나길 바란다. 너와 함께했던 추억 속의 시간들을 고이 간직할게. 아이들에게 부모로서 내가 해 주지 못했던 것이 있었는데 졸리 네가 우리 아이들에게 중요한 역할을 해 준 것을 인정한다. 고마웠다. 사랑한다. 그리고 잘 챙겨주지 못해서 미안했다.'

25 야마구찌 벚나무

20대부터 알고 지내던 일본인 부부가 있다. 우리가 방림재에 터전을 마련한 이듬해에 남편분이 한국에서 세상을 떠났다. 마을이 훤히 내려다보이는 방림재 뒤 양지바른 곳에 수목장을 하고 생전에 쓴 하이쿠로 시비를 만들어 곁에 두었다.

왕벚나무가 느리게 자라긴 해도 모양이 참 아름답게 피어난다. 해마

다 기일쯤이 벚꽃이 피는 계절이라 생전에 알고 지내던 한국인, 일본인 지인들이 꽤 많이 방문을 했었다.

우리 모두는 이 벚나무를 고인의 이름을 붙여 야마구찌 벚나무라 불렀다.

무말랭이를 넌다.
마을의 대를 이을 아기를
등에 업고서

우리나라 시골 마을을 지나다가 아기를 등에 업고 실에 꿴 무를 빨랫줄에 너는 것을 보고 지은 하이쿠라 한다.

26 방림재 봄 향기

    집 앞 꽃잔디가 집을 찾는 이에게 언제나 제일 먼저 반갑게 인사하는 시절이다.

〈배꽃〉

봄 이야기

5월은 곤충들에게도 달콤한 사랑을 나누기 좋은 장소를 제공한다.

〈사랑채〉

봄 이야기

뒷동산에 이제는 제법 아름드리 피는 산복숭아꽃들.
나무들이 꽤 자라서 봄에는 참 볼만하다.

27 향기로운 숲속 집

15해째를 맞이하는 방림재의 봄.
나무가 자란 만큼 세월의 무게가 느껴진다.
'방림재' – 향기로운 숲속 집

꽃들이 피어오르고
향기를 퍼트리는 그 속에서,
우리도 함께 아름다운 향기를 품고 있을까?

이 봄 문득 그 생각에 머문다…….

〈방림재 본채〉

올 겨울이 다가오면 땔 땔감을 15년 만에 처음으로 봄에 미리 마련
해 두었다.

심은 지 14년을 맞이하는 목련은 올해도 변함없이 고운 자태를 선
보이고 있다.

목련이 가장 아름다운 자태를 뽐내는 때는 비 온 뒤
물방울을 촉촉하게 머금을 때이다.

〈봄 처녀 같은 진달래꽃〉

〈꽃잔디〉

2년에 걸쳐 사서 심은 꽃잔디는 이제 제법 퍼져서 빈틈이 없다.

〈흰꽃잔디〉

흰색은 구하기도 힘들고 퍼트리는 데 시간이 오래 걸렸다.

〈산복숭아꽃〉

벌들이 가장 좋아하는 꽃이며 이곳 평창에서 가장 잘 자라는 나무이
기도 하다.

〈봄 햇살 가득한 사랑채 앞마당〉

봄에는 노오란 꽃이 마당을 따뜻하게 장식한다.

처음 풀 한 포기 없었던 방림재에 민들레 홀씨를 모아와서 뿌렸던 기억이 난다.

그 뒤 너무 많이 번식해서 후회를 했었다.

봄 이야기

누군가의 배고픔을 달래주던 호박은 지금은 방림재
우물가에서 목마른 누군가에게 한 줄기 빛이 된다.

제3장

여름 이야기

비를 맞으며 서있는 그들에게서

기다림을 배운다.

〈2009년 '행복이 가득한 집' 잡지 창샤특집호(9월호)에 실린 사진〉

01 가든파티

　지난 토요일, 이웃에 퇴직하시고 귀촌하신 분 댁에서 가든파티가 있었다. 평창에 군민들의 어학실력 향상을 위한 원어민의 무료 영어강좌가 있는데 거기서 알게 된 지인들이다. 한 분이 평소 알고 있는 다른 외국인도 초대를 했다.

오전 10시에 모여 부지런히 움직이고 있다. 저 뒤쪽에 보이는 흙집이 주인 아저씨 혼자서 지은 아담한 흙벽돌집이다. 손님들이 오면 기거하기도 하고 두 내외분이 음악을 들으면서 쉬는 휴식 공간이기도 하다. 안에 들어가면 벽난로가 더욱 운치 있다.

각자 한 접시의 요리를 해 가기로 했다. 우리는 'One dish party', 즉 한 접시 요리의 파티라고 말하기도 하지만 실은 영어에 이런 말이 없다고 한다. 'Potluck'이라고 한다. 나는 구절판을 해 봤다. 가운데 내가 만든 겨자소스와 콩가루소스다.

이 댁 주인 아저씨께서 아내 생일 선물로 만들어 준 그네라고 한다. 어찌나 부러운지…….
그네가 운치 있어서 더욱 좋았다. 주인 아주머니께서 편찮으셔서 모든 걸 정리하고 이곳 평창으로 오셨다고 한다. 이곳에 오시고 4년쯤 되었는데 건강이 많이 회복되었다고 하셨다.

외국인 아줌마가 윷놀이를 얼마나 잘하는지, 외국인 대 한국인으로 시합을 했는데 우리 한국인이 졌다.

피요나 아줌마는 남편과 함께 이곳 평창에 와서 초, 중학교의 영어를 담당하시는 호주 분이다. 늘 자전거를 타고 출퇴근하는 50대 후반의 아줌마가 싱그러운 봄 처녀 같은 느낌을 주어 이 아줌마만 나타나면 평창 읍내가 밝아지는 느낌이다. 그래서 그런지 학생들도 모두 좋아하는 것 같다.

더운 땡볕에 참 열심히들 배우고 최선을 다하는 모습이다.

녹색 티셔츠의 영어 선생님, 제레미는 마필도 참 잘 놓아요. 한 번
해 봤다면서 정말 리더도 잘 했다.

02 고라니 새끼

며칠 전 꿈을 꾸었다.

남편이 말을 끌고 왔는데 나보고 "수말을 할래? 암말을 할래?"라고 물었다. 암말은 청색이었고, 수말은 갈색빛이었는데 나는 그냥 수말이 좋겠다고 이걸로 하자고 했다. 그러면서 나에게 건네주었는데 그것이 나에게 가까이 오면서 목이 긴 마치 작은 기린 모양으로 변했다. 아침에 일어나 꿈 얘기를 하면서 웃고 넘어갔다.

그날 오후에 남편이 다슬기 건지러 간다고 나갔는데 차를 타고 나가다가 논에 물을 대는 수로 쪽에서 이상한 울음소리를 들었다고 한다. 새라고 하기에는 너무 크고 이상하게 여겨 내려서 주변을 살피니 수로 안에 고라니 새끼가 빠져서 간신히 구석에 버티고 있었다는 것이다.

그래서 건져 올리니 목에 작은 상처가 있었다. 곧바로 읍내 동물병원에 치료받으러 가면서 딸아이 보여주려고 피아노 학원에 가서 애를 데려오니 피아노는 뒷전이고 치료하는 데 따라간다고 난리였다. 가벼운 상처라 치료는 받았는데 아직 어려서 며칠 데리고 있으면서 우유를 먹여보라고 했다.

딸아이는 아주 신이 났다. 이름은 뭐로 지을까 그러면서 한참 연구 끝에 지어낸 것이 '고라뉴'이다. 야생동물을 집 안에 들이는 것이 영 마음이 안 편했다. 어미가 혹 찾을 수도 있고 어미가 죽었다 하더라도 사람의 손을 타면 혹 영영 야생으로 돌아가지 못할까 염려스러웠다.

그리고 우리가 치료를 잘 못해서 죽게 될까 사실 그것이 젤 걱정이었다. 그런 저런 생각을 하다가 간밤의 꿈이 떠올랐다. 그러고 보니 키 작은 기린이 고라니나 노루 모양이었던 것 같았다. 괜시리 난감한 생각에 이러지도 저러지도 못하면서 우리 집 토실에서 하룻밤을 보냈다.

첫날은 차마 사진 찍는다는 것 자체가 미안스러워서 못 찍었는데 다음 날은 숨 쉬는 것이 한결 좋아 보였다. 동물이 아플 때는 이렇게 웅크리고 아무 것도 먹지 않고 견디는 것을 전에 우리 집 강아지를 보고 알았기에 일단 먹을 것을 옆에다 갖다 두고 지켜보기로 했다.

많이 지친 상태였기 때문에 일단 가만히 두었는데 다음 날은 뭐라도 먹어야 되지 않을까 하는 생각에 젖병을 구해 먹여보려고 했는데 도통 입을 벌리지 않았다. 눈빛은 마치 어린아이같이 해서 첫날보다는 두려움이 많이 사라지긴 했지만 어미 잃은 새끼의 아득함이 절로 느껴졌다.

그러다가 이웃에 사슴 농장 하시는 분께 구원 요청을 했더니 직접 와 주셨다. 새끼 크기를 보니 젖을 뗄 나이라면서 그늘에 가만히 갖다 두라고 하셨다. 이렇게 가두어 두면 더 못 일어날 수도 있다면서 스스로 알아서 살아가도록 풀숲이 있는 그늘로 거처를 옮기라고 하셨다.

반신반의하면서도 사실 뚜렷한 방법을 찾지 못한 우리는 그렇게 하기로 했다. 대신 우리 집 졸리는 당분간 묶인 신세가 되었다. 졸리가 살아있는 것을 잡지는 못하지만 혹시나 달려가서 피곤하게 할까 싶어서이다.

'고라뉴' 힘내서 씩씩하게 살아라! 우리 가족 모두 힘을 모아 응원 보낸다.

03 복숭아 수확

4년만인가, 아마도 복숭아나무를 심은 지 그렇게 된 것 같다. 조금 큰 묘목을 사다가 심었는데 이제서야 제대로 된 결실을 보았다. 작고 딱딱한 복숭아가 조금은 열리기는 했는데 맛이 나질 않아서 항상 우리의 관심 밖이었다.

그런데 집에 놀러 오신 분이 복숭아가 익었는데 왜 안 따냐고 했다. 그런 말을 들어도 예의 딱딱한 여남은 개의 복숭아만 생각했는데 읍내에 갔다 오니 남편이 선물이라면서 '짜잔'하고 복숭아를 내보였다. 첨엔 당연히 누가 택배로 보낸 것인 줄 알았는데

"누가 내보고 농사 못 짓는다 그래!" 하면서 온갖 폼을 다 잡으면서 큰소리를 친다.

"그럼, 이게 우리 복숭아란 말야?"

비가 오락가락해서 산책 겸 사랑채 뒤에 있는 복숭아 나무 쪽으로 가 보니 너무 익어서 땅에 닿을 정도로 나무가 휘었다고 했다. 수확의 기쁨을 함께 누리려고 했는데 비도 오고 마음이 앞서 다 땄다고 했다.

맛은 어떨까? 정말 어릴 때 먹던 그런 복숭아 맛이다. 복숭아의 단

물이 줄줄 흘러내렸다. 하필 손님이 가신 뒤에 이렇게 알게 되어 그 손님께 정말 미안했다. 귀하고 좋은 것은 농사지은 본인들이 먼저 먹으라고는 하지만 왠지 우리끼리 이 고운 걸 다 먹기는 아깝다는 생각이 든다.

04 아침 산책길

애들이 학교에 나갈 때 우리 부부도 함께 산책길을 나선다. 오늘은 잊지 않고 카메라를 챙겨 갔다. 하루하루 다르게 누런 빛깔로 물들어 가는 벼를 보면 늘 사진으로 담고 싶었다.

강원도에서 평창은 이름 그대로 평평한 땅이 많다. 이웃 정선만 하더라도 산 아니면 강인데 이곳은 그래서 강원도에선 비교적 너른 논이 곳곳에 있다.

우리 임하리도 계절마다 달라지는 논의 빛깔이 해마다 봐도 늘 색다르고 지겹지가 않다. 벼는 푸르면 푸른 대로 푸르른 기운을 사람에게 그대로 전이시킨다. 그리고 잘 익어가는 벼는 넉넉함으로 땅의 기운을 느끼게 해준다.

'벼는 익으면 고개를 숙인다.'란 말은 "벼가 고개를 숙이는 것은 익어서가 아니라 이제는 땅으로 갈 시간이기 때문이다."라고 남편은 말한다. 생각해 보면, 전자는 인간이 주체가 되는 것이고, 후자는 자연이 주체가 되는 관점의 차이라고 여겨진다.

05 비 온 뒤 우리 마을

〈임하리 들어오기 전 옥고개에서 찍은 임하리 전경〉

〈연둣빛〉

〈초록빛. 콩잎과 벼의 일렁이는 평화〉

여름 이야기

아침 산책하기 좋게 비가 내렸고, 가을이면 누렇게 익을 벼들도, 콩잎, 옥수수잎들도 모두 행복하고 평화로운 길 위에 있고, 그 길 위를 걸어가는 우리 아이들도 모두 행복과 평화가 전이되어 언젠가는 제각각 누런 벼의 결실이 맺히지 않을까 믿음을 가지는 아름다운 아침이었다.

06 올 여름 마지막 물놀이

나라를 다스리는 일은 마치 작은 생선을 굽는 것과 같아서 생선 구울 때 자주 뒤집으면 작은 고기는 부서져서 쓸모가 없듯이 사람들을 너무 간섭하고 가르치려 들면 오히려 그르치게 된다. 그러나 관심을 끊고 완전히 내버려 두면 생선은 다 타버려 못 먹게 된다.

비단 나라뿐만 아니라 아이들 교육에 있어서도 좋은 교훈이 될 것 같다.

개학이 가까이 다가오자 아이들이 무척이나 싫어하는 것이 얼굴에 역력했다. 개학 전날 아들 친구들과 함께 물놀이를 갔다. 물론 그날은 큰비가 오고 1주일 정도 지난 뒤였다. 비가 오고 10일 정도 지나면 물 깊이가 가장 적당했을 텐데 아쉬운 대로 모래사장 가까이서 노는 것을 누누이 강조를 하면서 한바탕 맘껏 놀았다.

  수영대회 하자고 해 놓고선 아들은 물에서 발레를 하면서
거의 날아갔다.

　최고의 피서다. 강원도 찰옥수수를 입에 물고, 시원한 물에 몸을 담그며, 도란도란 이야기꽃을 피운다.

〈모래성 쌓기〉

이렇게 앉아 있으니 참 예쁘다.

07 강냉이에 얽힌 사연

습도가 높은 여름철, 집 안에 남겨진 마른 옥수수를 처리하기 위해 옥수수강냉이집이라는 방앗간에 갔었다. 평창에서는 아마 제일 오래된 방앗간일 것 같다.

늦은 점심을 드시고 계신 할아버지 한 분과 할머니 한 분. 손님이 와도 힐끗 한 번 쳐다보고는 할머니는 계속 점심을 드시고 계시고, 할아버지는 거의 다 드신 밥그릇을 대충 놓고 엉거주춤 일어나셨다. 내가 인사를 해도 인사가 없으시고……

훗, 나는 이제 익숙하다.

이곳 평창에 첨 왔을 때, 벌써 10여 년 전이구나.

공기도 좋고, 수돗물에서 약 냄새도 안 나고, 사람들도 좋고, 차도 별로 없어서 또 좋고. 이런저런 좋은 것이 참 많았지만, 무슨 볼일을 볼 때는 그게 아니었다. 가게에 들어가면, 손님에게 먼저 인사하는 주인이 거의 없다. 더 어이없는 것은 손님인 내가 인사를 먼저 건네는데도 답이 없다.

어쩌다 친절한 분을 만날 때도 있지만, 그분은 다 외지에서 오신 분들이거나, 혹은 한때 도시에 나가 살다가 오신 분들인 경우가 많았다. 관공서도 마찬가지다. 연락을 언제 준다고 해서 계속 기다려도 전화가 없어 해 보면, 나더러 왜 이제 전화했냐고 하면서 그제서야 가르쳐 준다.

하도 적응이 안 되어 가까이 지내는 평창 분께 그랬더니, 원래 여기서는 답답한 사람이 먼저 움직여야 된다고 가르쳐 주셨다. 그러고 보면, 10년 지난 지금은 엄청 좋아진 것이다.

그러나 아직도 적응 안 되는 것이 있다. 안면이 있는 아는 분을 길거리서 만나게 될 때 나는 참 반갑게 인사하고 몇 마디 건넨다. 그럼, 그 쪽에서 날아오는 답은 "예." 한마디다. "안녕하세요?"라고 하면 상대방도 "안녕하세요?" 하고 인사를 하는 것이 인사의 최소한의 예의가 아닐까 싶지만, 몇 사람이나 "예."라고만 하는 그런 경우를 보고는 원래 강원도 사람들의 특성이라고 생각하게 되었다.

어떤 가게는 내가 찾는 물건이 있냐고 물으면, 그건 별로 찾는 사람이 없어서 안 갖다 놓았다고 하면서 누가 찾아야지 갖다 놓지 하면서 화를 내기까지 한다. 정말 어이없는 경우가 많다.

한마디로 산 좋고 물 좋지만, 문명의 발달이 더디게 들어오면서 도시 자본주의의 서비스마인드가 없는 것이다. 어찌 보면 참 순수한 면일 수 있다. 그래서 사람은 한 곳에서 나서 평생 그 곳에서만 살면 안 된다는 것이 나의 지론이 되었다. 젊을 때 더 넓은 곳에 나가서 많은 것을 보고 느끼고 들어야 된다는 것이다.

하여간 이제는 많이 좋아진 것도 있고, 인터넷이라는 것이 생기면서 좀 더 문명화된 것은 사실이다. 그리고 나 또한 이제는 있는 그대로 보려고 하고, 상처받지 않으려고 대수롭지 않게 여기고 있다.

이날 찾아간 강냉이집 주인분들이 오랫동안 한곳에서 강냉이집을 하면서 세월을 보내신 노인분들이라 나한테 인사 좀 안 한다고 해서 내가 그렇게 상처받지는 않았다.

"강냉이 좀 튀겨주세요. 몇 시쯤 오면 될까요?" 했더니

주인 할아버지는 나랑 눈도 안 마주치고, "뭐, 그냥 뭐……"

내가 "예?" 했더니 아무 말씀이 없으시다.

할 수 없이 "그럼, 5시쯤 올게요." 그랬더니 고개만 끄덕이셨다.

그래서 인사하고 나오려다가―역시 인사도 안 받지만― 옆에 줄줄이 강냉이 푸대가 있는 걸 보고 "저…… 뭐, 연락처나 이름 안 적어놔도 되나요?" 했더니

"뭐, 으~ 그냥 됐어요." 하는 것이다.

에라 모르겠다. "5시에 올게요." 하고는 나왔다.

짧은 대화 중 뒷배경에는 조명도 없는 탁자 위에서 점심 국수를 맛있게 드시고 계시는 할머니가 국물이 넘어오는 것을 도로 삼켜가면서 입가에 미소를 연신 짓고 계셨다. 할머니는 이런 분위기를 다 안다는 표정으로 웃으시는 것일까?

드디어 오후 5시경. 오래된 미닫이문을 드윽크르르 열고 들어갔다. 옥수수강냉이 튀긴 파란 봉투가 입구에 몇 개 늘어서 있었다. 내가 "이거예요?" 물으면서 뭘 집어가야 될지 몰라 망설이자, 할아버지는 그 앞에 그거 맞다고 하셨다.

그런데 봉투 앞에 뭐라고 매직으로 써져 있었다. 어, 그럼 이게 아닌가 하면서 자세히 글씨를 읽어 보니 '날씬 아줌마, 5시경'이었다. 첨에는 언뜻 보기에 날쌘 아줌마로 읽었다. 나중에 남편에게 말하니 그것도 맞겠다고 했다. 할아버지는 내가 글씨를 읽자 약간 외면하는 듯하면서 멋쩍은 미소를 보이셨다.

돌아오는 길에 자꾸 웃음이 나왔다. 마른 체형을 동경하는 애들이 엄마는 뚱뚱하다고 놀리는데, 집에 와서 강냉이 비닐봉지를 보여주며 자신감 넘치는 목소리로, 나를 제대로 쳐다보지도 않았는데 할아버지 대단하시다면서 주저리주저리 얘기를 했다.

그러자 남편이 찬물을 끼얹는다. "혹시 당신 강냉이 아닌 거 아니야?"

사람이 다 살아가는 길이 있다. 무뚝뚝한 강원도 사람이라도 보는 눈이 다 있고, 알아서 할 일은 다 한다는 것이다.

여름내 놀러 오시는 분들과 함께 강냉이 먹을 때마다 그 할아버지를 생각하면서, 강냉이라면 역시 강원도래요!

08 '고:다'의 뜻

"질문이에요. '소주는 세 번 고아 내리는 술이다.'라는 문장이 있었는데 '고아'는 무슨 뜻이에요? 동사예요? 그러면 원형은 뭐예요? 일본 사람에게서 질문을 받고 몰라서 곤란해졌었거든요. 누가 가르쳐 주세요."

잘 아는 일본인 한 분이 이렇게 질문한 것에 내가 답변을 했다.

"'고아'는 '고다'라는 동사에서 나온 말입니다. '고:다' 사이를 좀 띄우고 읽으시면 됩니다. 기본적인 뜻은 뭉그러지도록 푹 삶는다는 뜻입니다. '엿을 고다', '고기를 고다'에 주로 쓰입니다. 그래서 한국에서는 소뼈로 끓인 국물을 고은 국물이라 하여 곰국이라고도 표현합니다.

그리고 소주를 증류한다는 의미로도 쓰입니다. 발효액을 푹 고아 증류시킨다는 뜻입니다. 소주는 발효액을 세 번씩 푹 고아서 증류를 한다는 뜻이겠지요.

순수한 한글(한자 말이 아닌 것)을 순우리말이라고 하는데 '고:다'도 순

우리말입니다. 우리말에는 철학이 숨어 있지요. 한국 사람들이 '저 사람 참 곱다.' 혹은 '참 고운 사람이다.'라고 하는 말인 '곱다'도 다 '고다'에서 비롯된 말입니다. 고운 사람은 그렇게 오랜 시간 끓이고 고아서 깊은 대로 깊은 맛이 우러나는 그런 사람을 가리킨답니다.

정말 알고 들으면 이보다 듣기 좋은 칭찬은 없습니다."

09 풀 뽑지 마라

요즘은 풀 뽑을 시간이 별로 없다. 주말에 마음잡고 풀 좀 뽑으려고 만반의 준비를 하고 나가서 서너 포기 뽑기 시작하면 빗방울이 얼굴을 치곤 한다. 가끔 우산을 쓰고 뽑기도 한다.

난 풀 뽑는 것을 좋아한다. 물론 부드럽게 잘 뽑힐 때가 젤 좋다. 풀을 뽑고 있으면 아무 잡념도 없다. 간간이 떠오르는 생각이 있긴 하지만, 그럴 때에는 지금 뽑고 있는 그 풀 속으로 그 마음을 넣으면 함께 뽑혀 나간다.

그런데 간혹 뿌리를 잘 박고 내린 바랭이 같은 풀들은 나의 일정한 기운들을 흩트리게 한다. 그 억센 것을 억지로 뽑으려고 도구도 없이 두 팔의 힘에만 의지해서 뽑거나 아니면 툭 끊어지면서 엉덩방아를 찧게 되면 그간의 차분하던 기운들이 흐트러지고 오로지 사생결단의 자세로 일에 열중하게 되어 1시간도 못 되어 지쳐간다.

사람이 거칠어진다는 것, 열심히 산다는 것은 같은 맥락이 아닐까 싶다. 요즘 '열심'에 대해 생각하고 있다. 우리 사회가 열심히, 열심히 목표를 갖고 앞만 보고 살아왔는데 과연 오늘날 우리는 정말 행복한 것일까? 하는…….

우리 사회의 성공의 기준은 산업의 고도 성장과 함께 열심히 해서 부를 축적해 가는 것에서 지금도 별반 벗어나지 못하고 있다. '열심히'의 그 이면에는 어둠이 존재하고 있다는 것이다. 어디에서나 마찬가지겠지만 모든 것에 양면이 존재한다.

며칠 전 평창소식지에 대관령에서 목장을 운영하는 한 부부의 소개 글이 실린 것을 읽었다.

20여 년간 피땀 흘려 엄청 열심히 그 터전을 가꾸었고, 지금은 전국적으로 찾아오는 관광지가 된 귀농 성공사례를 이야기하였다. 그런데 지금 부인이 많이 아프다는 기사 내용이 있었다.

참 안타까운 일이 아닐 수 없다. 고생고생 해서 이제 살 만하다고 하는데 아프게 되어서……. 빨리 회복이 되었으면 하는 마음이다.

그런데 이 글을 쓴 사람의 초점은 고생했지만, 이제는 소득을 많이 창출하게 되었고, 성공적인 귀농이라는 것이다. 그리고 마지막에는 자녀들이 어느 어느 대학교를 다닌다면서 글을 마쳤다.

마음이 아프다. 아직도 우리 사회는 과정과 결과에서 빚어지게 되는 여러 가지 상황은 덮어두고, 열심히 살아서 돈을 많이 벌게 된 것에만 관심을 두게 된다는 것이.

나는 그 부인이 얼마나 힘들었고, 이렇게 자리를 잡게 되기까지 또 얼마나 벗어나고 싶었을까 하는 생각에 눈시울이 뜨거워진다. 자신의 힘에 부치는 것을 억지로 하게 되면 반드시 그 뒷면의 어둠은 깊을 수

밖에 없는 것 같다.

남편은 나더러 늘 하는 말이 "풀 뽑지 마라"다. 난 아직 이 말을 받아들이지 못하고 있다. 아니, 말 뜻은 받아들이나 몸이 아직 그것을 받아들이지 못한다고 해야 정확할까? 하지만 그 말의 의미의 깊이는 느낀다. 왜 풀을 뽑지 말아야 하는 것인지…….

그러나 난 풀을 뽑는다. 내가 할 수 있는 범주 내에서 하려고 한다. 뭐든지 내 몸에 맞게 움직여야 된다는 것을 깨달아 간다. 애들이 많이 다니는 곳이나 손님들이 왔을 때 불편한 곳, 작물이나 나무, 꽃을 심은 곳. 그리고 하루에 2시간 이상 하지 않는다.

뽑히려고 하지 않는 억센 풀은 그냥 낫으로 베려고 한다. 그 억셈이 나에게 고스란히 전달되어 내 아이들, 내 남편에게까지 전달되어 가는 것이 염려되기 때문이다.

무엇보다 내 자신에게 억센 기운을 쌓고 싶지 않다.

10 아지못해와 마지못해

'아지못해*'와 '마지못해'란 단어는 앞 글자의 자음 하나 차이이지만, 그 의미상의 쓰임은 완전히 정반대이다.

나는 늘 '아지못해'의 인생을 살아왔다. 그런 반면 남편은 '마지못해'의 삶을 살아왔다. 적어도 결혼한 이후의 우리들 모습이다.

난 늘 여행을 떠날 때도, 시장을 갈 때도, 누굴 만나러 갈 때도 '아지못해' 이런 저런 짐을 들고 간다. 꼭 필요한 것은 이것뿐이지만, 혹시나 하는 생각에 여분을 더 챙긴다. 그러니, 늘 나의 가방은 무겁다. 그래서 짐이 된다. 짐이 많아진다…….

그러나 남편은 나와 반대이다. 꼭 필요할 것 같은 것도 안 들고 간다. 가급적 빈 손으로 움직이는 것을 좋아한다. 겨우 나의 성화에 못 이겨 마지못해 들고 가는 정도이다. 그러니 요즘 초등학생도 다 들고

---

* 아지못해: '알지 못해'의 경상도 방언

다닌다는 핸드폰도 갖고 다니지 않는다.

　한번은 서울을 갔는데 공중전화 박스를 아무리 찾아도 못 찾고 약속 시간은 넘고 해서 지나는 사람한테 휴대 전화를 빌리려고 하니 수상한 사람으로 오인을 받은 적도 있다고 한다. 심지어는 주머니에 뭐가 들어 있는 것도 싫어서 어떤 때는 지갑 속의 돈만 꺼내 넣고 지갑을 갖고 다니지 않기도 한다. 가급적 안 들고 다니니 뭐든 마지못해 갖고 다니는 정도이다.

　가끔은 저럴 수 있는 남편이 부럽다.
　이제는 나도 나의 짐을 조금씩 덜어 보려고 한다.
　그래도 '아지못해'와 '마지못해'는 기운으로 볼 때 궁합이 맞는 것 같다. 잘만 운용한다면 더욱 이상적이 되겠지.

11 엉겅퀴와 남편

　　남편을 한마디로 표현하라고 하면, 언제나 난 엉겅퀴꽃이
생각난다.

엉겅퀴와 남편

누구의 힘을 빌려 성장하지 않고
오로지 고고하게 한 송이 꽃을 피우기 위해
누군가 다가오는 것도 받아줄 여유 없이
하늘 위로 솟아오르고 또 올라가 마침내 자신만의
색의 꽃을 피운 야생풀.

주변의 부드러운 많은 풀들의 아웃사이더가 되어도
아랑곳하지 않고
묵묵히 자신만의 길을 찾아간다.

건들면 까칠하고 따갑지만
곁에 두고 있으면 언젠가는 약이 된다.

12 산야초를 채취하면서

산이 깊은 곳으로 가면, 바로 옆 계곡에 일급수에만 산다는 도롱뇽이 있다.

〈다래나무〉

숲속에서 넝쿨을 늘어뜨리며 자라는 나무. 잘 익은 다래는 키위보다도 더 맛이 좋고 먹기에도 간편하다.

점심 식사 후 다시 일을 시
작하려는데 싱아에 붙어서 사
랑놀이를 하는 곤충을 발견했
다. 아마 노린재의 일종인 것
같은데 내가 짓궂게 사진 좀
찍으려 하자 계속 나의 반대쪽
으로 숨어 다닌다. 꼭 붙어서.

겨우 찍었다. 좀 방해를 해서
미안하기도 하다. 산야초 채취를
하다가 곤충이 붙어 있는 식물이
눈에 들어오면 그것은 그냥 둔다.
주변에도 많은데 굳이 그것까지
베고 싶지 않다.

때론 일하기 싫은 휴일에 시원한 곳을 찾아 돗자리를 펴고,
책을 읽곤 했다.

13 바람이 나에게 속삭인다

바람이 나에게 속삭인다

어느 일요일 저녁
툇마루에 앉아
바람에 이는 나뭇잎 따라
내 몸을 맡기고...

내 몸이 작은 입자가 되어
바람과 함께
앞산에도 가고, 뒷산에도 간다.

눈 앞의 나뭇잎들은 저리도 휘청휘청
굿을 해대지만,
눈 밖의 저 멀리 나무의 나뭇잎은
흔들림 없어라.

무릇 자식을 바라볼 때
가까이 보지 말고,
저 멀리 나무를 대하듯 봐야 하거늘...

미동에도 바르르 떠는 어미가 되어서는
자식의 그릇을 크게 키울 수 없다.

보고도 아니 본 듯,
보여도 안 보인 듯
그렇게 지켜봐야 큰 나무로 성장해 갈 것이다.

바람이 나에게 가르침을 준다...

14 그저 꽃씨 하나 심었으면 좋겠어요

그저 꽃씨 하나 심었으면 좋겠어요

남편이 그저 꽃씨 하나 심었으면 좋겠어요.

열매니, 소출이니, 경제니 하는 단어를 쓰지 않고도
행복한 젊은 연인들처럼
그저 꽃씨 하나 심었으면 좋겠어요.

아내가 좋아하는 꽃씨 심어
그 길 따라 꽃구경하며
두 손 잡고 거닐고 싶습니다.

멀리 생각지 않아도
지금 그 꽃씨로 행복한 씨를
뿌릴 수 있었으면 좋겠습니다.

순득이네 논밭 전지는 저리 많아도
집 뜨락에 해바라기로
여유로와집니다.

복만이네는 밭 한 뙈기 없어도
비탈진 담벼락 밑에
찬란한 장미꽃이 이슬을 머금습니다.

조금만 아주 조금만
지금 이 꽃씨로 행복한 씨를
우리 같이 심을 수 있기를 바랍니다.

아내가 좋아하는 꽃씨 하나,
그저, 그 꽃씨 하나 심었으면 좋겠어요.

(2011년 6월 28일 산책길에 떠오른 마음)

15 비를 맞으며 기다림을 배운다

비를 맞으며 기다림을 배운다

올 봄 땅 속 깊은 곳에서
일렁이며 용수철(Spring/봄)처럼 튀어 오르는 봄의 열기,
그곳에 나는 외로이 서 있었다.

모든 것이 샘솟듯 올라오는 그 시점에 나는
조바심으로
틔우지 못하는 씨를 안고
홀로 평원의 바람을 맞고 서 있었다.

봄이 그렇게 나에게서 벗어나
어느덧 열-음(Summer*/여름)의 시간이 다가오고
씨앗은 힘겨운 사투를 벌인다.

---

* 영어의 summer는 원시 게르만어 sumur에서 유래. sumur는 르완다어 sambura에서
온 것으로 '지붕을 여는 것'을 뜻함. 즉 summer는 너무 더워 지붕을 열어 시원하게 해주
므로 더운 날씨를 의미함.

이제는 곧 움켜진 씨를 놓아주려 한다.
해답을 얻지 못하더라도
그저 그렇게 놓고 기다림을 기다린다.

비를 맞으며 서있는 그들에게서
기다림을 배운다.

16 왕거미 살이

왕거미 살이

나는 내가 거미인 줄 모른다.

그저 살아갈 뿐이다.

그렇게 날 때부터 나는 여덟의 사지를 움직이며 살아왔다.

남들은 자리 좋은 곳에서 비바람 피하고,
촘촘하고 튼튼한 집을 지키며
걸려드는 먹잇감으로 배 불리는데…

나는 어째 잘 한다고 했는데,
어느 날 엉성한 집으로 나를 짓누르고…
그러나 나는 그조차도 안고
지금 이 순간을 살아가려 한다.

어설픈 나의 보금자리에서
세련되고, 아름답게, 그리고 체계적으로
먹이를 포획하지는 못하지만
나는 굶지 않는다.

때론 엉성한 거미줄 사이로 아까운 먹이를 놓쳐도
그래서 원하는 맛을 먹지 못해도, 많이 먹지 못해도
나는 배를 곯지 않는다.

(2011년 8월 한여름 처마 밑 거미를 보면서…)

17 내가 대나무를 좋아하는 까닭

내가 대나무를 좋아하는 까닭
– 대나무이고저 하는 마음

내가 대나무를 좋아하는 것은
마디가 있기 때문이오.
마디와 절은 잠시의 휴식과 쉼
마디를 통해 자신을 조율하는
깊은 순간이다.

내가 대나무를 좋아하는 것은
하나이기 때문이다.
곁으로 뻗어가지 않고,
오직 하나로 한 길만 간다.

무엇보다 내가 대나무를 좋아하는 것은
그 안에 시원한 바람이 일기 때문이다.
그 바람은 온갖 번뇌를 씻어주는 선풍(善風)

진정으로 내가 대나무를 좋아하는 까닭은
내가 곧 대나무이고저 하는 마음 때문이다.

〈접시에도 대나무를 그려 보았다.〉

18 동반자

동반자

나는 흰구름
내가 흰색을 띠기 위해
얼마나 많은 시간을 이어왔는가?

투명한 나의 꼴을
또렷이 보고파
그대 앞에 마주한다.

티끌 하나도 빠짐없이
나를 받아들이는 너

그토록 온전히 다 보여주는
그대는 밉도록 사랑스럽다.

19 여름으로 가는 길에

〈들판의 메꽃. 수수하고 깔끔한 것이 조선의 여인 같은 꽃〉

〈돼지감자꽃과 호박벌〉

아들이 집에 오니 아들의
어린 시절 친구들도 속속 찾
아온다.

〈비가 오니 창가에 청개구리 한 마리〉

〈풍뎅이와 사슴벌레〉

아들의 초등 시절 자연 속 가장 친한 친구가 청개구리와 풍뎅이였
다. 아들은 곤충 중에서는 풍뎅이를 가장 좋아한다. 이렇게 귀여운 곤
충은 아마 없을 거라 했다.

위풍당당한 사슴벌레보다 맹꽁하고 어기적어기적 걷는 풍뎅이의 모
습이 어쩜 더 측은하게 느껴졌는지도 모르겠다.

〈금색풍뎅이〉

〈하늘소〉

〈광대노린재〉

여름 이야기

223

20 강사슴벌레, 거미, 나비

〈강사슴벌레〉

　빗속에서도 곤충들의 세계는 치열한 듯하다. 풀잎 뒤나 바위틈 사이에 쉴 것 같은 곤충들은 잠시 비가 그친 틈을 찾아 풀잎으로 기어 나왔다.

현관 앞 우체통 기둥. 언제부터인
가 거미가 알집을 지어놓았다. 그저
떼지 않고 그냥 두었더니, 장맛비가
쏟아지는 여름에 새끼들을 모두 독립
을 시킨 모양이다.

남들이 볼 때는 아주 느리고 어슬
렁거리며 놀고 있는 듯하지만, 나름
치열한 삶을 살아가고 있는 곤충들의
세계.

〈표범나비〉

빗속에서 먹을 것을 찾아 돌
아다니는 나비들. 같은 표범나
비여도 종류가 너무도 많다.

〈은판나비〉

내가 너의 이름을 알아내는
데 꽤 오랜 시간이 걸렸다.

오색나비가 창틀 위에 앉았다.

오랜 기다림 끝에 날개를 완전히
펼친 모습을 담았다.

무언가 열심히 핥아먹고 있다. 곤
충과 개미들도 지방을 좋아하는 것
같다. 개밥그릇 갖다 둔 것에서 묻은
것 같은데 배가 고픈지 카메라 셔터
소리에도 연신 핥고 있다.

〈오색나비〉

21 창호 바르기

여름 민박 손님들을 위해, 그동안 떨어진 채로 방치해 둔 창과 호를 보수했다.

처음 방림재에 왔을 때는 해마다 가을에 창호지 바르기를 했다. 문종이가 쉽게 떨어져서 어쩔 수 없이 했는데 어느 해인가 한 스님께 망사천을 바르고 문종이를 바르면 오래간다는 걸 배운 뒤로 몇 년 동안 손쉽게 지나갔다. 그러나 천은 그대로 있어도 문고리 옆 문종이는 곧 떨어졌다.

문 앞면을 들기름-슈퍼에
가면 싼 중국산 들기름이 있
다-으로 칠했다.

문종이에 풀칠을 한다.

풀칠한 종이를 문에 바른다.

처음 바른 문종이 위에 풀칠을 한
뒤 그 위에 습작의 그림을 붙인다.
여기서 끝이 아니다. 다음 날 문종
이의 풀이 다 마른 뒤 투명 시트지를
붙였다.
　　망사천에서 놀라운 현대 문명의 발
전으로 더욱 편하게 되었다.

안방에는 매화꽃으로
열고 닫는다.

가장 잘 떨어지는
출입문도 작업.

여름 이야기

출입문의 감은 서향의 해를 받을 때 가장 빛이 난다. 빛을 받은 모습이 그럴듯하게 졸작의 흠을 가려준다. 남편이 사극에 나오는 것 같다고 한다.

문과 호 네 짝 하는 데 세 시간 걸렸다. 다음 날 아침 시트지 붙이는 것까지 하면 조금 더 걸린 셈이다. 역시 옛날 문화는 현대 문명에 접목시키는 것이 조금 무리가 있다. 별것은 아니지만, 모든 게 시간을 요하는 작업들이다.

22 여름 생명체들
- 달팽이, 거미, 매미, 두꺼비, 잠자리

〈왕달팽이〉

비 온 뒤 흐린 날 어기적어기적 나타난다.

며칠 전 해거름에 왕거미 한 마리가 나타나 집을 짓기 시작했다. 얼마나 정교하고 속도가 빠른지 카메라 초점이 잘 맞춰지지 않았다. 간격을 일정하게 정말 일을 잘했다.

〈매미 허물〉

매미가 자신의 허물을 벗고 세상 밖으로 나갔다.

어느 날 불쌍한 매미 한 마리가 거미줄에 걸렸다. 이미
걸린 지 오래된 듯하다. 얼마나 몸부림쳤으면 거미줄이 다
엉성해졌다. 7년간 땅 속에서 세상을 향해 올라왔는데 이
런……. 짧은 생을 더 짧게 마감했다.

〈두꺼비〉

〈잠자리〉

23 나비, 다람쥐

〈긴꼬리제비나비 수컷〉

〈긴꼬리제비나비 암컷〉

〈호랑나비〉

〈호랑나비 날갯짓〉

여름 이야기

237

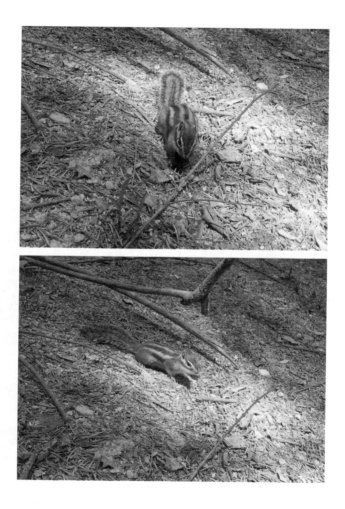

24 인생의 거미줄

인생의 거미줄
– 가급적 둥글게 둥글게

나는 나의 길을
쉼 없이 아주 조금씩 나아갑니다.

비바람이 휘몰아쳐도
묵묵히 한 땀 한 땀 발을 떼놓습니다.

남들이 보기엔 우스워 보여도
최선을 다해 나만의 길을 만들어 갑니다.

그 무엇보다도......
가급적 둥글게 둥글게 하려고 애씁니다.

그 무언가가 나를 무너지게 해도
나는 첨부터 다시 하려고 합니다.

가급적 둥글게 둥글게......

25 곤줄박이가 알을 낳았어요

새 생명의 움틈
사랑채 욕실 열린 창문 그리고 그 옆 선반 구석퉁이
어느 새가 알을 낳았다.

부화가 안 된 알인지
혹여 처음 무심결에 나의 출현 땜인지
만 하루 지나도 어미는 보이지 않는다.

〈아름다운 비행〉이란 영화만 보지 않았어도
이렇게 고민하지 않았을 터.

그래도 새끼는 어미가 길러야
온전한 생명이 이루어진다는 생각에
곧 다시 그곳에 두었다.

오늘 아침, 전보다 더 살금살금……
곤줄박이 부부가 찾아들고 있었다.

휴~ 이틀 동안 편치 않은 마음이
이제야 내려앉는다.

그로부터 한 달이 지나 방림재 아침을
아직 비행이 서툰 곤줄박이 새끼들과
온 가족이 사방을 날며, 주저앉으며 하는 모양을
아직 채 잠이 덜 깬 눈으로 흐뭇하게 바라본다.

26 곤줄박이와 거미

　사랑채 앞에 새 한 마리가 거미줄에 걸렸다. 딸아이가 보고 급하게 엄마를 부른다.

　일단 신기하여 사진을 찍고는 빗자루로 거미줄을 걷어내 본다. 거미줄이 어찌나 강한지 잘 떨어지지 않는다. 용케 바닥에 떨어진 새는 곤줄박이였는데 아직 발에 거미줄이 엉켜있어서 날아가지 못했다.

　살짝살짝 손으로 떼어냈다. 겁을 먹고 버둥거리는 곤줄박이에게 조용하게 말을 건다. 말을 하면서 다가가면 그 소리를 알아듣는지 겁먹지 않고 얌전히 있는다. 그렇게 불편함이 사라졌는지 갑자기 후다닥 날아갔다.

여름 이야기

　곤줄박이가 날아간 뒤 바로 앞 소나무를 보니, 거미 한 마리가 숨어 있는 것이 발견되었다. 집도 망가지고, 먹이도 달아나고……. 나를 원망할 수도 있겠지만, "네가 먹기에는 너무 크지 않겠니?" 하고 위로를 주었다. 심기일전해서 다시 더 튼튼한 집을 지어야겠구나.

27 천연 염색 쪽 염색

딸아이가 2박 3일 천연염색학교에서 하는 쪽 염색 워크샵에 참가하였다.

한 번 염색으로 천 년이 간다는 쪽 염색.
세상에서 가장 아름다운 빛깔. 쪽.

연일 폭염의 땡볕에서 쪽풀을 밭에서 베어 쪽 염색 물을 만들고 있다. 가볍게 체험하고 놀다 오라고 보냈는데 주로 어른들을 상대로 제대로 하는 수업이었다.

다음 날 아침 일찍부터 쪽 염색을 하기 시작.

천연 염색은 자연의 그 무엇과도 변화무쌍하게 함께할 수 있다. 염색 천 사이로 어리는 구름. 딸아이가 찍어서 보내온 사진인데, 구름을 좋아하는 딸아이의 마음이 읽히는 사진이다.

밤 10시부터 새벽 2시까지는 바느질 수업을 해서 이틀 동안 4시간밖에 못 잤다고 한다. 괜히 보냈나 조금 후회도 되고, 뙤약볕을 볼 때마다 마음이 짠했는데 스스로 재미있었다고 하고, 이렇게 엄마를 위해 실크스카프에 쪽 염색해 온 것을 보니, 역시 잘 보냈구나 생각했다. 딸아이 덕분에 처음으로 쪽 염색한 것을 갖게 되어 기쁘다.

세상에서 가장 아름다운 빛깔의
내가 가장 좋아하는 빛깔의
딸아이가 손으로 조물락조물락한
세상에 단 하나
바로 그 사랑스런 쪽빛.

28 비 오는 날의 산책

요즘은 아침 식사를 하고 차가 별로 다니지 않는 강변길로 산책을 나선다. 방학을 맞아 딸아이도 함께 동참을 하였다. 차를 타고 5분 거리에 있는 뇌운리 강변이다.

이런, 도착하자마자 소낙비가 내리기 시작한다. 어떻게 할까 잠시 고민하는데 어느덧 차 안에서 비 구경 재미에 빠졌다. 강 건너편 집에서는 비 설거지하느라 엄청 분주한 모습이 정겨운 웃음을 자아낸다.

비가 조금 잦아지자, 우리는 혹시나 하고 갖고 간 우산을 쓰고 산책길에 나섰다.

뇌운리에는 노총각이 두 사람 살고 있다. 한 분은 저 강 건너에 배를 타고 다니는 분인데 늙은 노모랑 함께 살고 있다. 딸아이가 저 집을 가리키며 저 집에는 도사가 살고 있을 것 같다고 했다. 총각도사와 할머니도사가 살고 있다고 했다.

뇌운리를 굽어 흐르는 강물. 이 물이 흘러 평창강으로 유입되고 남한강으로 긴긴 여행을 떠난다. 물은 언제나 순수하고 자유롭다.

비가 조금 잦아들면서 강물도 잔잔함을 유지한다.

　흘러가는 물길을, 가고자 하는 물길을 장애물로 막아도 물은 유유히 그 길을 간다. 장애물이 크면 클수록 더 큰 거품을 뿜어내면서 포효한다. 그러니 가고자 하는 길, 정해진 길을 가도록 지켜보고 내버려 두는 것이 잔잔함을 더 유지할 수 있는 방법이다.

　우산 속에 나란히
　걸어갑니다~

제4장

가을 이야기

모든 익어가는 것은 고개를 숙이고,

모든 저물어 가는 것은 찬란한 슬픔의 빛을

간직한 채⋯⋯

희망의 씨앗을 품고 사라져 간다.

01 아들의 그림과 시

〈초등 3학년 미술시간에 그린 그림〉

256

초등 2학년 겨우내 심심함을 못 견뎌 아들은 내내 그림을 그렸다. 그 이후의 그림인데, 차차 전기가 들어오고 생활이 편리해지자 이러한 자연 그림은 그리지 않게 되었다.

유일해서도 그렇겠지만 개인적으로 이 그림을 좋아한다.

하늘

언덕 위에 푸른 하늘
바라보면
구름이 눈에 들어오고
해가 눈에 들어오고

언덕 위에 까만 하늘
바라보면
달이 눈에 들어오고
별이 눈에 들어오네

(초등 2학년 때 쓴 시)

생명의 그릇

생명의 그릇
행복한 공간에 있다.
어느 곳에도

(초등 5학년 아침 등굣길에)

02 새끼란?

새끼란 무얼까 하는 의문을 가지면서 남편과 대화를 나눴다.

새끼, 끈으로 연결된다.

그런 생각을 하다가 새끼줄이 생각났다.

풀어 쓰면 사 + 이 + 낌

즉 사이에 낀 것. 다시 말해서 사이에 깃듦.

새끼란 '사이에 깃든 것'이다.

아버지와 어머니 사이에 깃든 그 무엇.

새끼줄이나 땋은 머리를 보면 눈으로 보이는 것은 두 가닥이다.

그렇지만 절대 두 가닥으로는 그런 모양이 나오질 않는다.

그 사이에 보이지 않는 깃듦이 들어있다.

우리가 염색체 모형을 표현할 때 이중 나선형으로 표현한다.

그러나 어쩌면 그 사이에 보이지 않는 깃듦이 들어있다고 생각하는 것이 좀 더 바람직한 접근이 아닐까 뜬금없이 생각해 봤다.

03 무탄트 메시지

《무탄트 메시지》라는 책을 감명 깊게 읽었다.

자연 치료법을 전공하고 호주에서 의료 활동을 하던 미국 캔자스시티 출신의 여의사 '말로 모건'이 어느 날 사막에서 열린 원주민 집회에 초대되었다가 호주 대사막을 횡단하는 여행을 떠나면서 넉 달에 걸친 힘든 여행 중 보고 깨달은 바 그리고 원주민들이 우리 문명인에게 전하는 메시지 등을 엮어 나간 이야기이다.

'무탄트'는 원주민들이 우리 같은 문명인을 가리켜 부르는 말이다. 어머니 대지를 파헤치고 강을 더럽히고 나무를 쓰러뜨리는 그들로서는 도저히 납득이 안 가는 문명인들, 즉 돌연변이라는 뜻이다.

류시화님의 언어로 다시 살아난 이 책은 글이 매끄럽게 이어져 나간다.

그들은 코알라처럼 생긴 그들의 코가 하늘이 내린 커다란 축복이라고 여긴다. 넓게 퍼진 콧방울과 커다란 콧구멍을 가진 그들은 뾰족한

코를 갖고 있는 사람보다 높은 온도에 훨씬 쉽게 적응할 수 있다.

- 참부족 사람들이 우리들 무탄트에게 전하는 메시지 -

"신의 부족인 우리 참사람 부족은 곧 지구를 떠날 것입니다. 우리에게 남아 있는 시간 동안, 우리는 가장 높은 차원의 영적인 생활, 다시 말해 금욕 생활을 하기로 결정했습니다.

금욕 생활은 엄격한 육체의 수행을 보여 주는 방법이지요. 우리는 더 이상 아이를 낳지 않을 것입니다.

우리 중 가장 젊은 사람이 죽으면, 그것이 곧 순수한 우리 인종의 마지막이 될 것입니다. 우리는 영원한 존재입니다. 이 우주에는 우리 뒤를 이어서 올 영혼들이 육신을 얻어 태어날 장소가 많이 있습니다. 우리는 최초로 지구상에 나타난 존재들의 직계 자손입니다. 시간이 시작된 이래, 우리는 생존을 위협하는 온갖 시험을 통과했으며, 원래의 가치 체계와 법을 흔들림 없이 지켜 왔습니다. 지금까지 지구를 하나로 묶어 준 것은 우리의 집단 의식이었습니다.

이제 우리는 떠나도 좋다는 허락을 받았습니다. 세상 사람들은 달라졌고, 땅의 영혼을 배반했습니다. 우리는 하늘에 있는 그 영혼을 만나러 갈 것입니다. 당신은 우리가 떠난다는 사실을 당신과 같은 바깥 세상의 무탄트들에게 전해 줄 메신저로 선택되었습니다.

어머니와 같은 이 대지를 당신들에게 맡기고 우린 떠날 것입니다. 아무쪼록 당신들의 삶의 방식이 물과 동물과 공기, 그리고 당신들 자신에게 어떤 영향을 주고 있는지 깨닫기를 바랍니다. 이 세계를 파괴하지 않고 당신들 문제에 대한 해결책을 찾아내기를 바랍니다.

물론 무탄트들 중에는 자신의 참된 자아를 이제 막 되찾으려고 하는 이들도 있습니다. 충분히 관심을 기울인다면 지구의 파괴를 돌이킬 시간은 남아 있습니다.

하지만 우리는 더 이상 당신들을 도울 수가 없습니다. 우리의 시대는 끝났습니다. 비 내리는 것이 이미 달라졌고, 더위는 날로 심해지고 있으며, 동물과 식물의 번식이 줄어드는 것을 우리는 오랫동안 지켜보았습니다. 더 이상 영혼에게 인간의 모습을 주어 이곳에서 살게 할 수는 없습니다.

왜냐하면 이 사막에는 곧 물도 식량도 남아 있지 않을 것이기 때문입니다."

《무탄트 메시지》에서 가장 전하고 싶어하는 메시지가 바로 위 글이며 개인적으로 깊은 공감을 했던 부분이다.

인류가 눈에 보이는 물질 세계만 쫓아서 문명이 발전해 갈 때 그래도 이 지구 곳곳에는 소수이지만 영적 세계인 눈에 보이지 않는 세계를 잃지 않고 함께해 온 사람들이 있다는 것이 반갑고 가슴 설렌다.

글로벌 시대라면 물질만을 교류하는 세상이라고 여겼는데 따지고 보면 이렇게 영적 세계를 교류할 수 있는 것이 참 글로벌 시대가 아닐까 싶다. 더 구체적이고 인류 생존에 더 직결하는 문제로 오직 하나의 공유점을 갖고 모일 수 있는 것이다.

우리나라뿐만 아니라 세계적으로 출산 저하가 심각하다고 연일 매스컴에서 걱정을 한다. 열매가 맺히는 과일 나무를 잘 관찰해 보면, 그 해 심한 자연재해가 일어나거나, 환경이 안 좋으면 열매를 맺지 않는다. 오로지 생존만 할 뿐이다.

참사람 부족이 느끼는, 동물과 식물의 번식이 줄어든다는 것은 자연 환경의 변화가 가장 큰 이유일 것이다. 요는 자연의 일부인 인간도 동식물처럼 변화되는 환경을 느끼고 있다는 것이다. 다만 동식물처럼 본능적으로 감지하는 기능만 있는 것이 아니라 합리적인 인지 능력도 함께 갖고 있기 때문에─사실 그것 때문에 소위 초인적이라고 말하는 원초적 본능이 둔화되었지만─ 데이터를 찾고 분석하는 접근 방식을 택하여 어쩌면 더더욱 문제의 본질에서 멀어져 갈지도 모른다는 것이다.

세계 곳곳에서 많은 메신저들이 여러 가지 방법으로 활동하고 또 곳곳에서 인간이 변화시켜 버린 이 자연재해를 자각하는 목소리가 커져 가고는 있지만, 과연 거대한 물결을 어떻게 막아낼 수 있을까?

남편이 언젠가 이런 꿈을 꾼 적이 있었다. 혼의 세계에서는 혼들이 세상에 내려오기 위해 줄을 서서 계속 대기 상태로 있는데 인간들의 출산율이 저하되면서 지상 세계로 내려가지 못하고, 점점 정체 상태로 있다가 화가 난 혼들이 반란을 일으켜 지구 밖으로 떠나 인간들에게 더 이상 혼을 내려보내지 말자고 결정했다는 것이다. 그래서 급기야 혼과 인간들의 전쟁이 일어났다.

오래되어서 자세한 내용은 잊어버렸는데 그때는 꽤 그럴듯한 공상 영화 같았다.

지구 반대쪽에 사는 원주민, 참부족 사람들, 태곳적 우리의 조상들, 이들 모두 자연을 두려워하고 소중히 여기며 그 속에서 지혜롭게 살아갔던 것 그리고 인디언 부족들의 영적인 삶 등이 모두 하나로 연결되는 것을 느낄 수 있다.

'양(물질 세계)'으로의 질적 성장이 과다하게 팽창—일부에서는 지구 자전축의 기울기로 인한 것이라고 하지만—하여 지금의 많은 부작용을 낳게 되었다고 하는데 '음(영적 세계)'과 '양(물질 세계)'의 균형을 유지하는 것이 우리 모두가 가장 쉽게 그들의 메시지에 응답하는 것이 아닐까 싶다.

04 가을 산책

언제나 같은 길 위에서 난
그때와 다른 빛깔을 본다.
변해가는 나를 채 알아보기 전에
너로 인해 나의 세월을 느낀다.

가을빛. 여름날의 그 푸르름은 어디로 가 버렸을까?

논가에 심어 놓은 수수가 참 잘 영글었다. 어느덧 씨가 맺히고, 씨를 키운 잎들은 누렇게 늙어가고 있다. 자연은 그 오랜 역사 속에서 늙어가는 법을 알고, 변함없이 순종해 갈 줄 안다. 씨를 올곧게 키워내  면서 자신의 죽음을 받아들이고, 거듭 태어남을 알고 있다.

가을은 늙어가고 익어가는 아름다움을 배우는 계절이다.

내년에 씨로 쓸 옥수수를 남편이 줄로 엮어서 달아 두었다. 내년이란 희망이 있어 행복하다.

05 사마귀의 잠자리 사냥

　제아무리 덥다고 발버둥쳐도 더위는 때가 되면 물러나고 가을이 찾아든다.

　연일 흐린 날씨지만, 잠시 비가 멎으면 잠자리들이 툇마루며, 지난 겨우내 얼어 죽은 줄 알았던 어린 감나무 꼭대기에도 자리를 차지하고 있는 모양이 이제는 영락없는 가을임을 알려준다.

　잠자리들만 바쁜 것은 아니다. 곤충들이 알을 낳기 위해 분주히 움직이고 있다. 사마귀는 아마도 알을 낳기 전 영양 보충을 위해 열심히 움직이고 있다.

　얼핏 보면 잠자리와 오랜만에 만나서 반갑다고 포옹하는 장면 같다.

잠시 잠자리를 구해야 되지 않을까 몇 초 생각했다가 지웠다.

동물의 세계에서 먹고 먹히는 먹이사슬을 나의 잣대로 어떻게 관여하고 해결사 노릇을 할 수 있을까? 그런데 가까이서 보니 이미 잠자리 머리가 통째로 없어진 걸 보고 나의 고민이 길지 않았다. 먹성 좋은 사마귀 녀석이 내가 사진을 찍으니 식사하다 말고 나를 빤히 쳐다본다.

"어른 식사하는데 뭐 구경났다고 카메라까지 들이대고 있노?"

"실례했습니다." 하고 들어와 버렸다.

작은 곤충이라도 생존에 있어서는 위협적인 기운을 내뿜는 듯했다.

잠시 후 30분 정도 지났을까, 그래도 궁금해서 다시 내다보니 잠자리는 흔적도 없이 사라지고, 그 사마귀가 2m 정도 이동하여 식사 후 휴식을 취하는 듯했다. 배가 엄청 불러 보인다.

06 늙어감의 아름다움
- 나이 들면서 병들지 않는 방법

내 나이 불혹을 지나 한 고개 한 고개를 넘어가고 있다. 30대부터 나던 흰머리가 이제는 제법 희뿌옇게 자리를 잡았다. 나보다 연령이 많으신 분들의 성화에도 염색을 하지 않다가 4년 전부터 나도 염색이라는 걸 해 보았다. 1년에 명절 앞두고 두 번이다.

머릿결에 영향을 주지 않는 천연 염색이라는 오징어먹물 염색까지 하고는 염색 안 한 지 1년이 되어간다. 예쁘고 젊게 보이는 것보다 유독 머릿결이 손상되는 것이 싫은 나는 이제는 염색을 그만하고 싶었다.

그러던 것이 요즘은 거울을 보면 나의 흰머리가 싫지 않다. 뿌듯하다. 내가 살아온 발자취를 보는 것처럼 나의 삶과 온전히 함께한 것이라는 느낌이 든다. 물론 친정어머니는 60세 후반이어도 아직 염색도 하지 않고, 흰 머리카락이 거의 보이지 않는다. 유전적이라고 친다면 아버지를 닮은 것은 사실이다. 그것조차 싫지 않다. 작년까지만 해도 애들은 쑥쑥 자라길 바라면서 나는 그래도 너무 노화되지 않았으면 하는 바람이 있었다.

그런데 올해는 늙어가는 것이 행복하고 기분 좋은 일이라는 걸 깨달아 가고 있다. 예년까지는 하루 2시간씩 여름이면 거의 매일 뽑던 풀도 올해는 어쩌다 한 두 차례 1~2시간만 뽑는 것으로 바뀌었다. 힘에 부치는 것을 느낀다. 작년과 몸이 다르다는 것을 느낀 것이다. 그래서 무리하지 않기로 했다.

내 몸의 미세한 변화를 느끼고, 또 그것을 받아들이고, 거기에 맞게 내 몸을 움직일 수 있다는 것. 정확히 말하자면, 이것이 기쁜 것이다.

일을 조금 덜 하고, 무엇을 하든 무리하지 않고, 안 되는 것은 포기하고, 정말 이보다 더 마음 편한 것이 있을까? 그것의 해답은 바로 '늙음'이다.

그런데 대부분의 현대인들은 늙기 싫어서 거기에 엄청난 에너지와 자본을 투여한다. 요즘 TV를 보면 어쩜 저렇게 인형처럼 예쁠까 하는 사람들이 채널마다 거의 매번 나온다. 심지어는 50세 중반인 연예인들도 30대 초반처럼 보일 정도로 젊어 보인다.

그러나 간혹 우리나라나 외국 배우들 중 늙음의 자연스런 모습 그대로 나오는 사람들도 있다. 성형이나 보톡스 등으로 젊음을 유지하고자 하지 않고 유명 배우도 눈가에 주름이 제 나이에 맞게 그대로 잡혀 있다. 나는 그런 주름을 보면 삶의 깊이와 기품 그리고 아름다움을 느끼게 된다.

아름다움이란 말의 어원으로 '앓음'이라는 말이 있다. 앓다, 즉 아픔이 곧 아름다움이다. 아픔을 겪고, 그것을 견뎌낸 사람만이 기품 있는 아름다움을 가질 수 있다. 그것은 돈으로 살 수도 없고, 세월을 살아가야만 얻을 수 있는 것이다.

나는 요즘 늙음 예찬론자가 되었다. 늙어가는 것을 잘 읽고 그것을 기꺼이 받아들인다면 우리는 한결 건강하게 살아갈 수 있을 것이다. 물론 내 몸을 잘 읽으려면 꾸준히 산책하고, 명상하고, 마음 수련을 해 나가야 할 것이다.

07 비 오는 날 오동잎 우산

비는 부슬부슬 오락가락

근처에 큰 오동나무 잎

보슬비에 안성맞춤 우산

08 가을볕 담벼락에 앉아

가을볕 담벼락에 앉아

엄마한테 야단맞고
골목길 빙글빙글 헤매다가
가을볕 담벼락에
잠시 머문다.

'엄마 미워'라고 쓴다.
자갈돌 하나 들고.
담벼락은 더욱
뜨겁게 달구어진다.

배 속에서 꼬르륵꼬르륵
닳아버린 자갈돌
글씨를 더 크게 쓴다.
엄마 미워…

09 노루궁뎅이버섯

노루궁뎅이버섯을 발견. 그러나 5m 정도 위쪽에 나 있는데다가 나무에 올라가기에 좀 적절하지 못한 조건이어서 포기했다.

한참을 가다가 남편이 누워서 썩어가는 나무에 있는 노루궁뎅이버섯을 발견했다. 제법 큰 것인데 약간 시기가 넘어 한 쪽으로는 물러지고 있었다.
'썩고 죽어가지만, 여기서 또 새로운 창조가 이루어지고 있다.'

〈채취한 노루궁뎅이버섯〉

무게가 꽤 나갔다. 노루궁뎅이버섯은 최근에 희귀 버섯으로 송이버섯보다도 귀한 것으로 여겨지고 있고, 식용 가능한 것으로 알려져 있다. 나도 직접 보는 것은 이날이 첨이다.

10 도마뱀 꼬리 자르기

날씨 화창한, 그야말로 눈이
부시게 찬란한 가을날에 안방
앞 데크에서 도마뱀을 발견하
였다. 나의 집중 사진 촬영이
급하게 시작되고, 도마뱀은 이
를 아는지 모르는지 흙벽을 따
라 볕 좋은 가을을 만끽하고
있다.

갑자기 몸을 휘감는다.

이런, 자신의 꼬리를 잘라
먹고 있는 것이 아닌가? 난생
첨 보는 광경이다. 도마뱀이
적의 공격을 받았을 때 꼬리를
떼고 도망간다는 것은 들어도
자기 꼬리를 잘라 먹는 것은
몰랐는데…… 아무리 배가 고
파도 그렇지.

나중에 찾아보니, 도마뱀뿐만 아니라 문어, 갈치 등도 배고플 때 자
신의 꼬리를 잘라 먹는다고 한다.

11 노래 잘하고 싶어요

'내가 과연 무엇을 잘할까?'

'이제는 내가 잘할 수 있는 것, 그것이 내가 이 땅에 오게 된 이유라고 느낄 수 있는 것을 찾으면 더욱 좋겠다.'

올봄 나의 주 고민들이었다. 그러나 그 봄이 다 가도록 나는 답을 찾지 못했다. 그렇게 봄을 보내고 어느 날 문득 이런 생각을 해 봤다. 완전히 정 반대의 질문을 던져 보자.

'그럼 내가 가장 못하는 것이 무엇일까?'

잘할 수 있는 것은 그렇게 오래도록 답을 못 찾은 것에 비해, 이 물음에는 단 1초만에 답이 떠올랐다. 바로 '노래'다.

그래, 나는 참으로 오랫동안 노래에 대한 열등감을 갖고 있었다. 나보다 공부를 더 잘하고, 나보다 더 예뻐도 그다지 부러워하지 않는데 유독 노래를 잘하는 사람을 보면 정말 무지무지 부러웠다.

우리나라는 세 사람 이상만 모이면 꼭 노래를 시킨다. 그런 풍류를 즐길 줄 아는 민족이어서 오늘날 전 세계인들을 문화, 예술로 매료시

키는지도 모른다. 최근 매체에서 전 국민을 오디션화한다는 비난도 있기는 하지만, 그런 프로그램이 잘 받아들여진다는 것은 국민들이 그만큼 끼가 있다는 것이다. 잘하든 못하든, 느낌을 갖고 있다는 것일 수도 있다. 노래를 잘하고 싶어하는 건 나 또한 그런 한국인의 피가 흘러서 그런가?

'노래', '소리'는 한 인간이 무엇인지, 누구인지를 잘 표현해 주는 매개체이다. 나의 울림을 표현하는 예술이다. 내 자신을 표현하지 못하는 답답함이 나를 더욱 조바심 나게 했을지도 모르지만, 그것으로 인해 더욱 마음의 문을 닫아 버렸을 수 있다.

내가 저녁 모임에 가는 것을 꺼리는 이유도 모임의 마지막 피날레는 노래로 귀결되기 때문이다. 지금껏 많은 순간 노래하라고 강요를 당했는데 내가 못한다고 사실을 말해도 믿어주지 않는다. 그리고 설상가상으로 노래를 참 잘할 것 같이 생겼다는 것이다. 진짜 억울하다. 그래서 안 하고 있으면 왜 빼고 그러냐고 다그친다.

"노래를 못하면 시집을 못 가요. 아~ 미운 사람……"

결혼 전에 참 많이도 들은 구절이다. 아니, 노래 못하는 것도 서러운데 시집도 못 가면 그 얼마나 불쌍한 인생이냐? 그래도 난 못하는 가운데 노래를 불렀다. 시집 못 갈까 싶어서가 아니라, 모임의 분위기를 위해 최선을 다하고 싶었다.

노래 못하는 것도 마음이 무겁지만, 안 하고 버틸 때 좌중의 분위기가 썰렁해지는 것 또한 마음이 편치 못하다. 그래서 참, 용기 내어 최선을 다해 불렀건만, 두 소절 정도 부르고 한껏 감정 잡은 눈을 떠보면 빈자리가 많이 보인다. 일어나는 것은 좋은데 꼭 그토록 내 말을 믿어주지 않고 제일 앞장서서 시킨 사람이 제일 먼저 자리를 뜬다는 것이다.

그러나 음치는 한번 시작한 노래는 멈추지 않는 법. 억지로 시킨 대가(?)를 끝까지 치러야 하지 않겠는가? 결국 노래를 안 하고 버티어 분위기가 썰렁해지는 것보다 노래한 뒤가 더욱 썰렁해지는 꼴이 되고 만다.

'이생에서 내가 못하는 것을 위해 도전해 보려고 이 땅에 온 것은 아닐까?'

내키는 대로 생각해 본다.

12 내 아내는 코스모스

내 아내는 코스모스

내가 코스모스를 좋아하는 것은
그 꽃이 아내를 닮았기 때문입니다.
가을날 시골길을 거닐면 하늘하늘
바람에 몸을 맡겨 춤추는 모습이 당신 같습니다.

그 가녀린 흔들림이
어떻게 내 가슴을 심하게 요동치게 했는지 모를 일입니다.

내가 아내를 좋아하는 것은
그녀가 코스모스를 닮았기 때문입니다.

사방으로 더듬이를 세워 파동을 느끼는
그녀는 사람들을 어루만질 줄 압니다.

그러나 그 파동이 절벽에 부딪쳐, 메아리 되어
날아올 때는 아픔을 느끼는 여린 소녀입니다.

아내의 하늘하늘한 섬세함이
때론 내 가슴을 심하게 아리게 합니다.

("내가 당신을 좋아하는 게 코스모스를 닮아 그런가 봐."
아침 산책길에 남편이 한 말을 떠올려 남편의 느낌으로 한번 써 본다.)

13 만남과 이별

〈2007년 어느 가을에 낚시하는 부자〉

방림재에 살면서 가장 많이 찾아온 벗이 있다. 그 친구는 남편의 고
등 동창이기도 하지만, 나의 초등 동창이기도 하다. 아마도 그래서 더

편하게 찾아올 수도 있었겠지만, 그 친구는 나중에 이런 말을 했다. 본인이 힘들 때 가장 많이 찾아왔다고……. 그러나 그 긴 세월 동안 정작 힘들다는 얘기는 단 한 번도 한 적이 없었다. 오히려 도시 이야기들을 전해주면서 처음부터 끝까지 재미난 농담으로 우릴 웃게 해 주었다.

그러고 보니, 그 당시 방림재를 찾아온 많은 사람들이 좋았을 때보다는 도시 삶이 버거워서 힘들 때 많이들 찾아온 것 같다. 시간이 지나고 또 흐르면서 그 많은 이들에게 좀 더 따뜻하게 대해주지 못한 것이 제일 후회된다. 그때는 나름 한다고 했지만, 그 당시의 우리의 역량이 그쯤밖에 안 되었다는 것이 못내 아쉽다.

방림재 이야기들을 책으로 엮으려고 작업하면서 많은 이들이 생각났고, 모두가 소중한 추억을 남겨주었는데 정작 가장 많이 찾아왔던 친구의 사진과 사연은 별로 없었다. 아마도 너무 편하게 이야기하고 노느라 사진도 별로 안 찍고 그랬나 보다. 비록 사연 있는 사진이 없어도 이 책이 나오면 꼭 전해주고 싶었다.

그러나 책이 세상에 나오기도 전에 그 친구가 세상을 떠나고 말았다. 그렇게 홀연 떠난 친구를 강원도 어느 절에 수목장을 하고 돌아오는 버스 안에서 옛 추억들이 차창 밖 풍경처럼 스쳐 지나갔다. 돌이켜보건대, 그 친구가 힐링을 한 것이 아니라, 우리가 시골에서 외롭고 힘들 때 가장 많이 찾아와서 우리에게 웃음을 선사해 준 것이었다. 그립구나. 너의 맛깔스런 농담과 입담이…… 그리고 고마웠다.

14 가을날의 행복

10월의 첫 주를 시작하면서 연휴를 아름다운 인연들과 함께하였다.

아침을 먹고 장암산 패러글라이딩 하는 활공장을 찾았다. 평창읍 풍경을 한눈에 만끽하고 싶을 때 이 장소를 가장 많이 추천한다.

　평창강이 평창읍을 굽이 흘러 영월 방면으로 흐르고 있다. 바로 중
앙의 섬처럼 보이는 곳의 왼편이 평창읍내 모습이다.

　　카푸치노 한 잔씩 하면서 내려다보는 전경은 여기가 평창 최고의
노천카페임을 입증해 준다.

가을의 투명하고 빛나는 색채.

이 빛깔 속에 오래 머무르고 싶다.

가을 이야기

억새풀이 하늘에 닿았을까? 사실은 늘 함께하고 있다는 걸 자신은
잘 모르겠지.

15 금빛 가을

금빛 가을

찬란한 금빛 가을
모든 익어가는 것은 고개를 숙이고,
모든 저물어 가는 것은 찬란한 슬픔의 빛을
간직한 채……
희망의 씨앗을 품고 사라져 간다.

가을 이야기

16 왕고들빼기, 씀바귀, 고들빼기

사람들은 왕고들빼기, 씀바귀, 고들빼기를 구분하지 못하는 경우가 많다. 약성으로도 우수하여 사람들이 즐겨 찾기는 하지만 쓴맛이 비슷하여 모두 고들빼기라고 하는 경우가 종종 있다.

그래서 2년에 걸쳐 봄부터 가을까지 세 종류의 식물을 사진으로 모아 보았다. 작년에는 왕고들빼기 사진 찍는 시기를 놓쳐서 이제서야 다 올려 본다.

1) 왕고들빼기

초봄에 새싹이 올라오는 왕고들빼기는 실상 이렇게 작은 크기이다. 통째로 캐서 장아찌를 담기도 한다. 뿌리 모양이 예뻐서 장아찌로 담그면 보기 좋다. 그러나 모여서 나지 않기 때문에 많은 양을 캐기는 쉽지 않다.

여름에 무성히 자란 잎은 쌈 채소로도 많이 먹는다. 꺾었을 때 흰 진액이 나와서 약성으로도 좋다고 한다.

가을에 다 자란 왕고들빼기는 키가 160cm에서, 더 큰 것은 170cm까지 자란다.

초가을부터 꽃이 피기 시작한다. 가을에 피는 들꽃처럼 국화과 꽃이
피어 정말 운치 있고 예쁘다.

2) 씀바귀

겨울이 지나고, 초봄에 이
렇게 잎들이 올라온다. 다른
두 식물에 비해 잎이 가늘고
뾰족하게 길쭉한 편이다. 이
것도 봄에 통째로 캐서 김치
를 담가 먹기도 한다. 물론
살짝 데친 후 쓴맛을 좀 우
려내야 먹기 좋다.

다 자랐을 때 높이가 한 20cm 정도 된다. 노란 꽃잎이 햇빛을 받으면 정말 빛나는 꽃이다.

3) 고들빼기

다른 두 식물에 비해 가장 식용으로 널리 이용되고 있는 편이다. 뿌리째 캐서 봄에 나물로 먹고 다시 씨가 내려 가을에도 먹을 수 있다.

꽃은 씀바귀랑 비슷한데 키가 30~40cm 정도 자라고 무성하게 꽃들이 핀다.

17 생일 꽃다발

내 생일은 들녘에 꽃들이 만발한 가을이다.

야생 국화들이 마치 나의 생일을 위해 저마다 향기를 품어 축하해 주는 것 같다.

생일날 아침 남편이 세 개 리를 돌아서 들꽃을 한아름 꺾어왔다.

생일날 들꽃을 받는 것이 나는 참 좋다.

내 생일이 가을이어서 행복하다.

가을 이야기

18 무소유 - 간소한 삶을 꿈꾸며

법정스님이 가끔 인터뷰 때 "스님의 소원은 무엇입니까?"라는 질문을 받으면, 스님은 "내 개인적인 소원은 보다 단순하고 보다 간소하게 사는 것이다."라고 답했다. 스님은 사는 집의 부엌 벽에다 '보다 단순하고 보다 간소하게'라고 낙서를 해놓았다고 한다.

법정스님의 또 다른 일화가 있다. 한번은 동경대학에 유학 중인 어떤 스님이 문구점에 가서 법정스님이 좋아하는 촉이 가는 만년필을 하나 사준 적이 있었다. 너무 고맙게 여기고 그걸로 글을 참 많이 썼다고 한다. 그런데 파리에 갔더니 그곳에 똑같은 만년필이 잔뜩 있어서 법정스님은 만년필을 하나 더 사왔다.

그랬더니 그날부터 처음 가졌던 그 필기구에 대한 살뜰함과 고마움이 사라졌다. 결국 나중에 산 것을 아는 스님에게 줘 버렸다. 그러자 비로소 처음의 그 소중한 감정이 회복되었다고 한다. 하나가 필요할 때는 그 하나만을 가져야 한다.

"인간을 제한하는 소유물에 사로잡히면 소유의 비좁은 골방에 갇혀서 정신의 문이 열리지 않는다. 작은 것과 적은 것으로써 만족할 줄 알아야 한다. 그것이 청빈의 덕이다."

법정스님의《산에는 꽃이 피네》라는 책에 실려 있는 내용이다.

이 책은 내가 첨 귀농하기 전 귀농을 결심하게 만들었던 결정적인 두 권의 책 중 한 권이었다. 사람이 감명을 받았다 하여도 바로 실천하는 것, 입문하는 것은 아주 작은 씨앗에 불과하다. 그 씨앗이 자라 온전히 내 것이 되게 만드는 데는 상당한 시간과 세월을 요하는가 보다.

최근 나는 집안에 물건이 많이 있는 것이 불편해졌다. 제일 눈에 거슬리는 것은 화장대 위의 화장품들. 남성용 화장품, 어린이 로션, 내 화장품, 핸드크림 등이 즐비하게 늘어져 있는데 그동안은 그렇게 놓여 있어도 별 신경이 가질 않았다.

서랍을 열면 샘플용 화장품도 너무 많고, 여기저기에서 받은 것도 많다. 남편은 화장품을 잘 바르지 않아서 거의 그대로 있다. 선물 받은 것은 누가 오면 주기도 하고, 샘플용 화장품만 비상용으로 두고 있다. 그래서 요즘은 화장대 앞부터 간소화하는 것을 목표로 삼고 있다. 새로 사지 않고 샘플용도 다 바르고 없애야겠다는 것이다.

그러면서 돌아보니 인간이 살면서 갖고 있어야 될 물건들이 왜 이리 많은 것인지…… 두 개 이상 갖고 있는 것이 너무 많다.

애들 학용품도 지우개, 연필, 펜들이 써도 써도 마르지 않고 쌓여 있다. 절약정신을 구호처럼 부르며 교육받았던 나로서는 습관처럼 몽땅 연필은 따로 모으고, 다 쓴 모나미 볼펜대도 모아둔다. 그러나 그것이 오히려 짐이 되고 있다. 아무리 써도 마르지 않는 풍족한 현실은 몽땅 연필의 추억조차 외면하게 한다.

청빈낙도, 청렴결백한 선비 정신. 옛 조상들은 최고의 미덕으로 여겼건만, 요즘은 참 찾아보기 힘든 얘기가 되었다.
법정스님의 두 개의 만년필 일화가 머리로만이 아니라, 이제서야 몸으로 와닿는다. 생활에서 작은 것에서부터 단순하고 간소한 삶을 실천해 나아가야겠다.

19 가을 하늘

어느덧 또 다른 가을이다.

요즘 하늘을 올려다보면 정말 행복하다.

대자연의 아름다움이 내 안에서도 피어나는 듯한 이 기쁨…….

구름 타고 둥둥 떠다니고 싶은,

솜사탕처럼 한 움큼 베어 먹고 싶은…….

저절로 찾아와 어느 날 뿌리 내려 자리를 잡더니, 소나무 위로 칭칭 잘 감고 자신을 뽐내고 있다. 왜 'Morning Glory'인지 아침에 나가 보면, 정말 그 느낌이 와닿는다.

가을은 모든 장면이 한 폭의 수채화를 보는 듯하다.

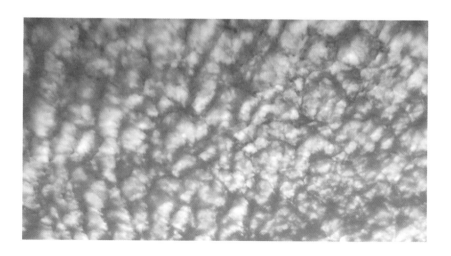

가을 이야기

20 깨달음

도시에 있을 때 국선도를 통해 단전호흡을 배우긴 했지만, 그건 어디까지나 건강한 삶을 유지하기 위한 것이지, 내가 수련이나 도를 닦기 위한 목적은 아니었다. 더구나 깨달음을 얻고자 했던 것은 더더욱 아니다.

그런데 산골 생활을 하면서 산책, 명상, 백팔배로 해를 거듭하자, 나도 모르게 얻어지는 게 있었다. 책을 엮는다고 지나간 시간의 기록을 살펴보니, 백팔배 10년 차에 이렇게 써 있었다.

1. 혼자서도 잘 놀아야 한다.
2. 내가 움켜 잡으려고 하면 그 담을 그릇은 작아지나, 내가 내려 놓으면 그 담을 그릇은 커진다.

간결하지만, 10년 차에는 나름 만족스런 깨달음이었다.

그리고 1년 뒤인 백팔배 11년 차에는 내가 왜 태어났는지 깨달았다고 써져 있다. 내가 왜 이 주소지에 태어났는지도……. 자신의 가장 큰 약점이 태어난 이유였다.

가족은 같은 성향이 있는 사람끼리 모인다. 그러한 성향의 가족력이 있는 사람한테로 끌려서, 이렇게 내가 태어난 이유는, 그래야 그런 성향의 혼의 몸을 갖고 태어나고, 이생에서 그 약점을 극복하여 진정 나를 업그레이드할 수 있는 기회를 가질 수 있기 때문이다.

고로 이번 생을 마감할 때 약점을 극복한 영혼이 된다면 다음 생은 적어도 그것에 대한 염원이 없는 혼으로 태어나겠지. 한층 그레이드가 높은 혼으로……

산책(散策)에서 '산'자는 한자어로 '흩어질 산'이다. 산책을 하는 것은 마음을 풀어 늘어트려 가라앉히고, 뒤엉키고 응어리진 것을 흩어지게 하는 행위이다. 그렇게 비어지고 잦아진 상태를 유지해야 무언가의 깨달음의 씨앗이 내 몸에 떨어질 때 알아챌 수가 있는 것이다. 오랜 시간 의문을 가지고 곱씹다 보면, 어느 날 툭 떨어지듯 해답이 나에게로 온다. 그래서 산책은 혼자서 오롯이 해야 효과가 높다.

이날 이걸 깨닫고 나서는 하루 종일 싱글벙글했고, 헛헛한 웃음이 나왔다. 모든 것이 단순해지고, 힘들 것이 없고, 나의 약점이 아무것도 아니게 되고, 있는 그대로 받아들이게 된다. 만사가 고맙고, 길가의 풀잎조차 아름답고 사랑스러워진다.

그러면서 얻어진 것은 '기꺼이'다. 사물과 사람, 특히 가장 측근에 있는 남편, 아이들, 부모, 형제를 있는 그대로 보게 되고, 아무 기대도 하지 않는다. 그렇게 기대를 하지 않고부터 마음이 얼마나 편한지

모른다. 화가 생기지 않는다. 기대하지 않고 내려놓는 것만 해도 이를
데 없이 좋은데 더 나아가서 내가 상대를 '기꺼이'로 대하면 나도 기쁘
고 상대방도 기쁘게 된다.

21 기도

　백팔배를 하다 보면, 나도 모르게 저절로 기도를 하게 된다. 하루 일과를 반성하고 마무리하면서 하는 기도라 큰 의미를 두지는 않았지만, 오랜 시간 하다 보면 기도도 내용이 많아지고 점점 커진다. 그러던 것이 언제부터인가 기도를 하지 않게 되었다.

　누구나 간절히 염원하고 바람을 가지면 그 소원이 반드시 이루어진다. 하지만 바람은 밖에서 내 안으로 들어오는 것이다. 그러면 빈 공간이 있어야 들어온다. 빈 공간을 만들기 위해서 기존에 내가 갖고 있었던 것을 내어놓아야 한다. 원리는 간단하다. 비워지면 채워지고 넘치면 흘러나가게 된다.

　그러나 모든 사람은 지금 주어진 것은 당연한 것이고, 그대로 있는 상태에서 새로운 것을 더 바라게 된다. 사실 그게 자연스러운 현상이다.

　옛날에 하늘에 제를 지낼 때 반드시 제물을 바친 이야기들이 심심찮게 나온다. 그때마다 나는 늘 의구심을 가졌었다. 그냥 기도를 하면 될 것이지, 굳이 제물을 애써 바치는 의식을 할 필요가 있을까?

그런데 이런 원리를 알고 나니, 제법 그럴 법한 의식이라 생각된다. 알고 나면 기도도 함부로 할 게 못 되고, 정말 가만히 들여다보면 무서운 것이다.

그렇다고 기도를 전혀 하지 말라는 것은 아니다. 그 무엇보다도 절실하고 간절한 것이 있으면 할 수밖에 없다. 다만, 지금의 내가 가진 행복! 이 모든 순간이 기적 같은 행복임을 수시로 자각할 필요가 있는 것이다.

어릴 때부터 사진 찍는 것을 좋아해서 사진과 글이 함께하는 블로그가 나에게는 세상과 소통하는 창과 같은 역할을 해주었다. 귀농하여 산골에서 아이들을 키우며 손님을 맞이하고, 자연과 함께 더불어 살면서 겪게 된 에피소드, 산책과 명상, 백팔배를 통해 느낀 점 등을 블로그에 남겼다. 자연 속에서 인간이 가장 자연스럽게 찾아드는 법을 배워나가면서 저절로 깨닫게 된 점, 저절로 떠오르는 시들을 적었다.

산책이라는 조용한 움직임은 인간의 몸과 마음을 건강하게 만드는 최고의 행위이다. 산책을 통해 만난 자연의 생명체, 하늘, 구름, 꽃 등도 모두 인간에게 소중한 치료제가 된다는 것을 무의식 중에 깨닫게 되었다.

올해로 백팔배는 12년 차에 접어든다. 하루 일과를 마치고 잠자리에 들기 전, 그날 하루의 시름을 내려놓고 반성하는 시간을 가지는 것은 나를 들여다보고, 정화할 수 있는 가장 좋은 매개체이다.

그렇게 모인 글들을 자연의 흐름에 따라 사계절로 다시 엮어보았다. 사실 방림재를 떠나면서부터 책으로 재편성하고 싶은 마음을 가졌는데 이제서야 실천하게 되었다. 하지만 2년여간 혼자 편집과 외면을 거듭하였다.

그 당시 사람들은 방림재의 산골생활을 엿보면서 힐링을 많이 얻는다고 자주 얘기하곤 했다. 그런데 이 작업을 시작하면서 다시금 그 시절로 돌아가 보니, 다름 아닌 내가 힐링을 많이 얻었다. 촉촉하고 아련한 아름다움에 젖곤 했다.

'자연으로 가는 산책'의 길을 따라가면서, 모두가 마음의 안식과 위로가 되었으면 한다.

다 싣지 못한 사진들을 여기에 조금 더 남겨본다.

끝까지 읽어주신 분께 진심으로 감사하다.

〈방림재에서 내려다본 마을 풍경〉

글을 마치며

〈비 맞은 오죽과 너와지붕〉

〈여름비를 맞으며〉

〈아빠 등〉

〈무이예술관 마당에서〉

글을 마치며

〈조카와 졸리 (사진 출처: 여숙민 님)〉

〈모내기 끝나면 찾아드는 백로 떼〉

〈새집이 땅벌 집으로〉

〈한가로운 오후〉

글을 마치며

〈꽃단장〉

〈사자와 같은 기상으로 (사진 출처: 민박 오신 박진홍 님)〉

〈가을볕의 고요〉

글을 마치며

〈늦가을 해바라기하는 모습〉

〈방림재 파워레인저〉

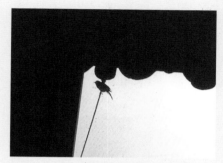

〈빨랫줄의 새〉

〈코스모스와 벌〉

글을 마치며

〈우체통 안에서 부화한 아기 새〉

〈땔감을 마련하는 졸리〉

〈다식 만들기〉

〈봄철 시골 밥상〉

〈정월대보름 밥상〉

〈방림재 이정표〉

자연으로 가는 산책

초판 1쇄 인쇄 2021년 09월 08일
초판 1쇄 발행 2021년 09월 15일
지은이 이명순

펴낸이 김양수
책임편집 이정은
편집디자인 권수정
교정교열 이봄이

펴낸곳 도서출판 맑은샘
출판등록 제2012-000035
주소 경기도 고양시 일산서구 중앙로 1456(주엽동) 서현프라자 604호
전화 031) 906-5006
팩스 031) 906-5079
홈페이지 www.booksam.kr
블로그 http://blog.naver.com/okbook1234
포스트 http://naver.me/GOjsbqes
이메일 okbook1234@naver.com

ISBN 979-11-5778-505-6 (03800)